中公文庫

碇《いかり》　星《ぼし》

吉村昭 著

中央公論新社

目次

碇《いかり》星《ぼし》

飲み友達

台所に声をかけると、夕食の仕度をしている長男の妻が、孫の女児とともに居間に出てきた。

ダスターコートを身につけて玄関で靴をはいた辻村は、行ってらっしゃい、とあどけない声でいう孫に笑顔をむけ、ドアの外に出た。

水野から電話がかかってきたのは、その日、昼食をすませて間もなくであった。

「水野です」

と言われても、とっさにはわからず、ようやく一昨年春に定年退職した会社の二期後輩の水野であることに気づいた。公衆電話でかけているらしく、街のざわめきがきこえている。

「ちょっと話したいことがあるのですけれど。久しぶりに飲みたい気もしまして……」

水野は、今夜あたりご都合はいかがですか、と言った。

退職した会社の関連会社に週二回出向いているだけの辻村には、他にこれといってすべきことはなく、無聊《ぶりよう》をかこっている身であった。

承諾すると、水野は、会社に勤めていた頃よく飲みに行った小料理屋を指定し、時間も口にして電話を切った。

坂道をくだった辻村は、石段をおりて公園の中に入った。薄暗くなっている通路には落葉が散りしいていて、犬を連れた老婦人が前を歩いているだけで他に人の姿はない。

話したいことがある、と水野は言ったが、そのことが急に気がかりになった。

辻村は、退職時は経理部次長の職にあって、水野は辻村の後をついで次長に任ぜられた。会社の経営状態は順調で、経理面のことで退職した自分に相談ごとがあるなどとは思えない。

もしかすると、と思った。

水野とは同じ部に所属した社員同士の間柄にすぎなかったが、桐村久子という存在を考えると、特殊な関係にあったと言っていい。退職後、年賀状を送ってくるだけでなんの連絡もなかった水野が、電話をかけてきて話したいことがあるというのは、久子とのことについてとしか思えない。

厄介な話でなければよいが、と思った。後腐れが生じるはずはないと予想していたが、なにかの問題が生じたのか。

かれは、気が重くなるのを感じながら、駅に通じる公園の通路を歩いていった。


四年前の早春の頃、上司の末松に誘われて日本橋の鮨屋に行った夜のことが思い起される。

末松は、中学校の先輩で、総務部長をへて役員となり、退社して九州の傍系会社に社長として赴任することが決定していた。所属する部はちがっていたが、同じ中学校出身者の会合で会う機会も多く、親しげに声をかけてくれる。しかし、自分だけが誘われて飲むのは初めてで、恐らく末松は会社を退いて東京をはなれることに感傷的な気分になっているのだろう、と思った。

「奥さんが亡くなって何年になる」

飲みはじめてしばらくしてから、末松は、突然のように言った。

「三年半です」

辻村は、杯を手に答えた。

「いい人がいるのか」

「おりませんよ」

「再婚の意思は？」

末松が自分を誘ったのは、その話なのか、と、辻村はようやく納得できたような気がした。

杯をかたむけた辻村は、

「むずかしい問題ですのでね。そのことは考えていません」

と答え、少し生真面目な表情をして子供のことを口にした。

長男は製薬会社に勤め、妻帯していて子供が一人おり、長女も半年前に結婚している。もしも再婚すれば、自分の死後、遺産の二分の一が再婚した女に相続されることを二人の子供は知っているはずで、再婚には強く反対するだろう。それを押し切って再婚した場合には、当然、子供たちと感情的な対立が生じ、生活も破綻する。そうしたことが十分予想されるので、再婚する気はない、と答えた。

「君もそうか、やはりね。子供がいるとむずかしいな」

末松は、うなずいた。

その言葉に、辻村は、末松も数年前に妻と死別していることに気づいた。

末松は、杯に銚子をかたむけると、

「私も何度か再婚をすすめられたが、養子をとって結婚している娘のことを思うと、そんな気になれなくてね。娘は再婚してもいいと言ってくれているのだが、実際にそうなったら、ごたごたするのは目にみえている」

と、つぶやくように言い、うつろな眼を宙にむけた。

二人は、黙って肴に箸をのばしたり杯を手にしたりしていた。

末松が再婚相手の写真でも持ち出すのかと思ったが、そうではないらしいことに、辻村は安らいだ気持になったが、自分を呼び出したのは、なにか用件があるのではないかと考え、末松の顔をうかがうように杯を口にはこんでいた。

末松が、辻村に顔をむけ、

「これから話すことは、決して他言しないと誓って欲しいのだが、どうかね。君を信用して話すのだが……」

と、言った。

辻村は、末松の顔を見つめると、

「どんなことでも仰言《おつしや》って下さい。他言はしませんよ。誓います」

と、酔いも手伝って反射的に答えた。

末松は少し黙っていたが、

「総務部に桐村という女子社員がいるんだが、知っているかね」

と言って、肴に箸をのばした。

辻村は、首をかしげた。

「そうだろうな、目立たない女だから……」

末松はうなずくと、辻村から視線をそらせて、その女のことを話しはじめた。

女は、函館の生れで、短大を卒業後、伯母をたよって上京し、会社に入って二十年近くになる。故郷に両親がいたが、父についで母が病死し、伯母も数年前にこの世を去っている。

その間、地味な存在なので、会社の男と付き合うようなこともなく、見合いをしたことは二、三度あったらしいが、いずれも実をむすばず、アパートで一人暮しをしている。若い女子社員がつぎつぎに結婚して会社から去るのを見送りながら、女は、欠勤も遅刻もせず、同じ机の前に坐ってあたえられた仕事を忠実にこなし、その点、重宝がられてはいるが、口数がきわめて少く身の動きも静かなので、いるかいないか、ふと忘れかけるような存在でもある。

「そういう彼女のことが、いつの間にか妙に気になりはじめてね。淋しいはずだが、本人はそれを気にしていないらしくみえる。ひっそりと出社して仕事をし、昼食時になると食事に出掛け、早目にもどってきて、退社時刻になるとひっそり帰ってゆく」

末松は、さらに言葉をつづけた。

「それで、或る夜、食事に誘ったのだが、その席でも静かに飲み、静かに食べてね。時折りみせるかすかな笑いが、思いがけず明るくて……」

辻村は、つぶやくように言う末松の顔に視線を据えていた。

末松は、顔を辻村にむけると、

「家内に死なれて話し相手もいなかったのでね。それから時折り会うようになって、旅行にも行ったりした」

と、思い切ったように言った。

役員の末松が総務部の女子社員とそのような関係にあることが社内に知れれば、容易ならぬ事柄として大きな話題になる。気さくで、役員たちの受けがよく部下の信望も得ている末松に、そんな陰の生活があったとは意外であった。

「よく会社の連中に気づかれずにすみましたね」

辻村は、末松の大胆さに呆れた。

「彼女は、ひたすら待つ女でね。自分の方から会いたいなどとは素振りにもみせず、私の方から声をかけるのをじっと待っている。待合わせ場所の店には先に行っているし、旅行などでも先に旅館やホテルに行って部屋で待ち、翌日は人眼にふれぬよう先に帰ってゆく。会社ですれちがうこともあるが、他の社員と同じようにかすかに頭をさげて眼もむけずにすぎてゆく」

末松は、杯をかたむけた。

たしかにこれは、他言してはならぬことだ、と思ったが、なぜ末松が自分にわざわざ打明ける気になったのか、解しかねた。

「それで、頼みがあるのだがね」

末松が、こちらに顔をむけた。

辻村は、真剣な表情をしている末松の顔を見つめた。

「私が九州の会社をまかされたのは、福岡生れだということもある。数年後には会社を他の者にゆずることになるのだろうが、会社を退いたらそのまま福岡に住みつくつもりだ。友人も多くいるしね。それに東京の家には娘夫婦が住んでくれることになっているので、東京にもどる気はない」

そこで、末松はひと息つくと、

「気がかりなのは彼女のことでね。私が去っても彼女の生活は少しも変りはないだろうが、あのまま一人暮しをさせるのは可哀相な気がしてね。なにか捨ててゆくようでむごい気もする。それで、いろいろ考えたのだが、君に彼女の話し相手になってもらえないか、と思ってね。奥さんに死なれた君なので、どうかと思ったのだが……」

と、言った。

思いがけぬ話に、辻村は呆気にとられた。会社運営の上では的確な判断をし鋭い発想もする末松だが、六十歳代も半ばに達して、世間的なことについては思考が老化し、正常さを欠いているのかも知れぬ、と思った。

「おかしな頼みだと思うだろうが、こんな気になった女は初めてでね。普通なら金でもやればそれで気持がすむが、これまで金をやろうとしても、かすかに笑って首をふるだけで受取ろうとはしない。なんというのかね、殊勝に生きているとでもいうのかな。そんな女だけに一人にさせるのが気の毒で、君が彼女の話し相手になってくれれば、と思うのだよ」

末松の眼には、真剣な光がうかんでいる。

「話し相手になると言っても、その女性が私でいいのかどうか、わからないでしょう」

辻村は、愚かしくなった。

「むろん、君のことは言ったさ。そうしたら、静かに笑っていた」

末松は、あっさりと答えた。

二人は、口をつぐんで酒を飲んだ。

末松が顔をこちらにむけると、

「いいね」

と、念を押すように言った。

辻村は、返事のしようもなく、ためらいながらもうなずいていた。

一週間後、役員室の末松から執務中の辻村に社内電話がかかってきた。

「明日、九州にたつ。先夜のこと、よろしく頼むよ。先方も承知している。福岡へ来た時には寄ってくれ。それじゃ」

手短に言うと、電話が切れた。

冗談とも思わなかったが、その電話で先夜の話が現実のものとして意識された。末松からは、女のアパートの電話番号と会社の者の眼にふれる恐れのない、よく待合わせ場所に使っていたという下町の季節料理店の略図も渡されている。

辻村は、妙な話だ、と胸の中でつぶやきながら、窓ごしに鋭く光った空をながめていた。

その夜、家に帰ったかれは、ウイスキーの水割りを口にしてテレビの画面に眼をむけていた。

三十代の半ば頃までは、出張先で知り合った女やバーの女などと肉体交渉をもったこともあったが、それ以後はそのようなこともせずにすごしてきた。仕事が年を追うごとに責任のあるものになって、それに神経が費されていたこともあるが、妻との性生活に一応満足し、平穏な家庭の空気をかき乱すようなことは避けたかったからであった。

妻の死後、妻と激しく体を抱き合う夢をしばしばみて、その度に切ない思いをするが、だからと言って現実に女の体を求める積極的な気持にはなれない。六十歳に近い年齢によるためらいがそうした感情を押えつけるのだが、女と交渉をもつことによって生じるにちがいない煩わしさを想像し、気持がひるむのだ。若い頃の大胆さは失せ、何事にも臆病になっているのを感じる。

末松の話によると、桐村久子は四十歳だという。自分より二十歳近く若いということは魅力があり、同時に自分もそれほど年齢的な負い目も感じなくてすむだろう。末松は、ひたすら待つ女だと言ったが、辻村には、それが得がたいものに思えた。女が自分の領域にずかずかと入りこんでくるのを最も恐れるが、その懸念はないらしい。末松と女との関係が人に知られることもなく持続されたのは、そうした女の性格によるのだろう。

辻村は、テレビの画面をながめながらも、背広の内ポケットにある女の電話番号を記した紙片と部屋の隅におかれた電話機を意識していた。

五日後の夜、かれは、酔いの勢いにまかせて紙片を手に受話器をとると、番号のボタンを押した。

受話器をとる音がして、想像していたより若々しい澄んだ女の声が流れ出てきた。かれは、名前を告げ、待合わせをする店の名を口にし、明日の夜の都合をきいた。

「行っております」

女は、答えた。

受話器をおいたかれは、胸の動悸がたかまるのを意識しながら、椅子の背によりかかって再び水割りのグラスを手にした。ただ会うだけのことで、気に入らぬ女ならそれ以後会うことをしなければよいのだ、と思った。上司であり学校の先輩でもある末松の依頼を無視はできず、一度でも会えばその責任をはたせたことになる、と自らに言いきかせた。胸に重苦しくわだかまっていたものが、一時に取りのぞかれたような気分で、かれはグラスをかたむけた。

翌日は土曜の休日で、休みの日にはいつもそうするように、十時すぎにベッドをはなれると、浴槽に湯をみたして入浴し、簡単な朝食をとった。

夕刻近くになって、えんじの地色のシャツをつけ、街着の背広を着て家を出た。

私鉄から乗りついだ地下鉄の電車が、地上に出て隅田川にかかった鉄橋を渡ってゆく。戦時中、季節料理店のある町のはずれに軽金属工場があって、その工場に勤労学徒として通って以来、町にゆく電車に乗ったことはない。町工場や低い家が密集していた地であったのに、高層マンションがつらなっていて、かれはその変貌に驚きを感じていた。

木造であった町の駅も鉄筋コンクリートづくりで、ひなびた駅前も花壇のある広場になっていて、そのまわりにデパートや銀行の建物が立っている。

かれは、線路と平行した道を進み、左に曲った前方に目的の店の小さな看板を見出した。このような地にある店なら会社の者の眼にふれる恐れはなく、この店をえらんだ末松の用心深さを感じた。

辻村は、自分がひどく平静であるのに安堵を感じながら店に近づいた。ただ会って飲み、話をするだけのことだ、と胸の中でくり返していた。

曇りガラスのはまった戸をあけると、右側にカウンターがあり、左手は畳敷きの席になっていて、小さなテーブルが置かれている。

一番手前のテーブルの前に坐っている茶系統のスーツを着た女に眼をむけたかれは、ためらうことなく近づき、

「桐村さんですね」

と、低い声で言った。

「はい」

女は、答えた。

辻村は、テーブルをへだてた席に坐った。女の顔には見おぼえがあった。名前も所属も知らなかったが、エレベーターの中や通路で眼にしたことがあり、この女であったのか、と気分が軽くなるのを感じた。

女の希望をきいて、ビールを頼み肴を註文した。

酔いが体にひろがるにつれて、かれは饒舌《じょうぜつ》になった。女が生れたという函館に何度か行った時のことを話したり、女が休日にどのようにすごしているかをたずねたりした。女は、図書館に行って読書をしたり、時には下町の家並の間を歩いたりしてすごしているという。

辻村は、打ちとけた気分で女と向き合っているうちに、これと言った特徴もない女の顔が、次第に好ましいものに変ってゆくのを感じていた。肌は浅黒いが、眼が張っていて目鼻立ちがととのっている。女の黒々とした髪の左手の鬢《びん》に白髪が一個所寄り集っているのが、女の年齢を感じさせはしたが、それが故意にその部分だけ白く染めてアクセントとしているかのように、魅力的にさえみえる。女は静かに飲み、肴に箸をのばす。返事は短く、顔にかすかな笑みがただようと、片方の頰に笑窪《えくぼ》が浮んだ。かれは、末松と中学校の同窓で、その関係の会に出席した後、二次会に連れ立って飲んだことなどを話したが、それ以上のことは口にしなかった。末松からきいた彼女との関係に話が及んで、女との会話がぎくしゃくしたものになるのを恐れたからであった。

二時間ほどして、

「また、会いましょう」

辻村が席を立とうとすると、女は、

「お先に失礼します」

と言って頭をさげ、店の外に出て行った。

辻村が払いをすませて路上に出てみると、すでに女の姿はなかった。

かれは、月に二、三度、久子とその店で会うようになった。別にこれと言った話はないのだが、会って言葉を交しているだけで気持がなごむ。妻の死後、侘《わび》しかった生活に急に明るい灯がともったようで、夜、一人で居間にいる時にも自然に頰がゆるむのを意識していた。

三カ月後、かれは、久子を奥湯河原への旅に誘った。断わられるかも知れぬと思っていたが、彼女は口もとをゆるめると無言でうなずいた。

旅館で落合うことにし、その日、旅館へ行くと久子はすでに部屋で待っていた。万一、知った者の眼にふれることを恐れるらしく、大浴場へ行くようなことはせず、部屋の浴槽を使う。かれもそれにならって、部屋から廊下に出ることはしなかった。

夜、かれは、自然に久子のふとんに身をすべりこませて体を抱いた。物静かな彼女に似合わず反応は激しく、口からもれる声を必死におさえ、涙を流した。皮膚のなめらかな張りに、かれは彼女の若々しい肉体を感じた。

翌日、彼女は、一足先に旅館を出ていった。むろん、人眼にふれぬための配慮だが、帰途の新幹線の座席に坐ったかれは、一人で帰京していった久子がいとおしく思え、胸が熱くなるのを感じた。

二年がすぎ、定年の日が近づいた。

かれは、久子との将来について考えた。

退職後も交際をつづけることになんの支障もなく、久子を失いたくないという気持も強い。しかし、このままの状態がつづいたら果してどうなるだろう、と思うと不安にもなった。長男夫婦は社宅に住んでいるが、辻村の退職後はかれの世話をするために同居すると言っている。いくら用心深くしていても、いつかは長男夫婦に久子の存在をかぎつけられるだろう。

久子も年齢をかさね、それでも付き合うことをつづけてゆけば、彼女をなんらかの形で受け入れなければならなくなるだろう。やがては年金暮しをしなければならぬ身には、大きな負担になる。

退職を機会に、久子との関係を思い切って断つのが後々のためにも賢明なのだ、と思った。退職と同時に会うことをしなければ、自然に関係は断たれるだろう。末松が言っていた通り、久子はひたすら待つ女で、連絡がなければ、辻村がはなれていったのを知るはずであった。

かれは、末松が久子を自分に託していった気持が今になって理解できるような気がした。自分が去っていったとしても、彼女は決して恨みがましい感情などいだかず、じっと淋しさに堪えて日々をすごしてゆくにちがいない。それがいじらしく、このまま無言ではなれてゆくのは無責任のように思えた。

かれは、自分の退職後、次長に予定されている水野のことを思った。数年前に妻と死別した水野は、子供もなく、唯一の趣味であったゴルフもほとんどしなくなっている。

末松が自分にそうしたように、久子のことを水野に頼んでみようか、と思った。

季節料理店で久子に会ったかれは、水野のことを知っているか、とたずねた。水野が経理部の課長をしているだけに、久子は知っていた。

辻村は、水野の家庭状況を口にし、人柄も良い男なので、自分が退職した後、話し相手として付き合う気はないか、と言った。久子がどのような反応をしめすか不安であったが、久子は無言でかすかに頬をゆるめていた。

新橋駅の改札口を出た辻村は、駅前広場を横切り、歩道を進んでせまい路地に入った。

小料理屋のガラス戸をあけると、カウンターに坐っていた水野がこちらに顔をむけ、立ち上った。辻村が近づくと、顔見知りの店の女が、脱いだコートを受取り、壁にかけた。

かれは、水野の横の席に腰をおろし、コップを手にすると水野の注いでくれたビールを受けた。水野の髪には白いものが少しふえている。

水野と会社のことなどとりとめもない話をしながら、この店で初めて久子について水野に話をした二年前のことを思い起していた。

その夜、辻村は、さりげなく話を持ち出した。

「飲み友達でね。時折り会って、とりとめもない話をする。それだけのことだが、結構、楽しい」

むろん、末松のことも、自分が久子と旅行をしたことも口にする気はなかった。

「辻村さんに、そんな女の飲み友達がいたんですか。お安くありませんね」

水野は、冷やかすような眼をした。

「休みの日なんか、なにもすることはないじゃないか。妻もいないし話し相手もない。一人ぐらい女の飲み友達がいたっていいだろう。後に尾をひくような女では困るが、女を意識させないところが、私なんかにはうってつけだ。煩わしいことはごめんだからね」

さらにかれは、久子と会っていたのは侘しさをまぎらすためだったが、長男夫婦と同居することになったので、その必要もなくなったことを話し、

「どうだい、君も一人暮しだ。彼女と飲み友達になったら。紹介するよ。控え目な女で、友達もなく、彼女も淋しいんだよ」

と、言った。

「そういう飲み友達がいるのも悪くはありませんね。私も、この年になって女のことでごたごたするのは御免ですよ。再婚の話もありますが、果してうまくゆくかどうか。相手と気心を合わせる努力なんか、今さらしたくありませんからね。そういう女性なら楽しいかも知れない」

水野は、あっさりと承諾した。

それから間もなく、辻村は水野に久子のアパートの電話番号を教え、待合わせに使っていた店の略図も渡したが、それ以後のことは知らない。

わざわざ水野が電話をしてきて、話したいことがあるというのは、水野が久子と付き合いをつづけ、彼女との間になにか問題が起って、紹介した自分にそれを訴えようとしているのではないのか。

ビールを酒に代えて杯を口にはこんでいた水野が、

「桐村君のことなんですがね」

と、言った。

やはり、と思いながら、辻村は、

「ああ、彼女のことか。付き合っているのかね」

と言って、水野の顔に眼をむけた。

「あれからずっと。私もこの三月で定年を迎えるんですが、彼女とならうまくやってゆけそうな気がしましてね。いろいろ考えた末、一昨日、結婚の申込みをしたんです」

思いがけぬ言葉に、辻村は、水野の顔を見つめた。

「ところが、いつになく頑《かたくな》でしてね。うんとは言わず、辻村さんとよく話をしてからにしてくれ、と言うんですよ」

「私と?」

辻村は、甲高い声をあげた。

「こんなことをおききするのはどうかと思いますが、辻村さんは、彼女と肉体関係があったんじゃないんですか。辻村さんにこだわりをもっているようなので……」

水野の眼には、探るような光がうかんでいる。

「変なことを言ってもらっては困るね。そんな関係にあったなら、君に彼女のことをわざわざ紹介したりはしない。初めに言ったように、時折り会っていた飲み友達にすぎない」

辻村は、心の動揺を気づかれぬようにきびしい口調で言った。

「妙なことを口にしてすみません。しかし、それはどうでもいい、と彼女に言ったんです。私も結婚していたし、再婚同士だと思えばいい、と」

水野の眼に弱々しげな光がかすめた。

辻村は、気分を損ねたような表情をよそおってしばらく口をつぐんでいたが、

「私とよく話をしてくれというのは、どういう意味かな」

と言って、首をかしげた。

「それがわからないんです。おさしつかえなかったら、彼女にこれから電話をしてきただしてくれませんか。今夜、辻村さんと私が会っているのは知っていますから
……」

「そうだな」

辻村にも、久子の真意がつかみかねた。

水野が、内ポケットから紙片を取り出した。それを受取った辻村は、店の隅に電話機があるのを眼にして立ち上った。

受話器をとり、番号のボタンを押した。

コール音がし、すぐに久子の声がきこえた。

辻村は、水野と会っていることを口にし、なぜ、水野の申込みにためらっているのかをたずねた。

久子は、しばらく黙っていたが、

「私と辻村さんとの間柄は、どのように言ってあるんです」

と、言った。

「会って飲むだけの間柄だと言ってあるが、それがどうだと言うんだね」

辻村は、気持がひるみかけるのを押えながら答えた。

「旅行に行ったなどということは……」

辻村は、水野にきこえるはずはないとは思ったが、きかれても差しつかえないように用心しながら、

「そんなことはしたおぼえがないのだから、言うはずはないだろう」

と、低い声で答えた。

彼女は口をつぐんでいたが、

「末松さんと私とのことは？」

という声がした。

「あの人には、だれにも口外しないと約束した。今後もそれは守る。この答えで十分だろう」

かれは、事務的な口調で答えた。

耳に、久子がかすかに笑いをもらす気配がつたわってきた。

かれは、久子に薄気味悪さを感じながらも、いつまでも長話をしていると水野に疑われそうな気がして、

「いい縁じゃないか。せっかく言ってくれるんだから言う通りにしたらどうだ」

と、言った。

「そうですね。明日にでも会って御返事します。それでは……」

という声がし、電話が切れた。

席にもどると、

「なんて言っていました」

と、水野がすぐに言った。

「どうということはない。四十歳をすぎると慎重になるんだね。なんとなく不安だという。良縁じゃないか、お引受けしろ、と言っておいた」

辻村は、杯に銚子をかたむけた。

「そうでしたか。そんなことだったのですか」

水野も、杯を手にした。

辻村は、ゆったりした気分で水野の顔をながめると、

「君は、彼女と飲み友達だけではすまなかったのだね」

と、たずねた。

「初めは会って食事をするだけでしたけれど、そのうちになんとなく……」

水野は、低い声で答えた。

これですべてが後腐れなくうまくいった、と、辻村は思った。久子は、水野と結婚後も、末松についで自分と肉体関係があったことをさとられぬようにし、水野も疑う

ことはせず、二人は老いてゆくのだろう。

「おめでとう」

かれは、水野の顔に視線を据えると、杯をあげた。

喫煙コーナー

エスカレーターに乗り、中ほどまでのぼった能勢は、いつものように右上方にある二階の喫煙コーナーに眼をむけた。

そのコーナーで菊川は、太い柱のかたわらの椅子に腰をおろしているのが常だが、今日も柱に背をもたせかけて煙草を手にしている。エスカレーターからフロアーに足を踏み出した能勢は、化粧品の売場にそって曲ると、青い合成樹脂の丸椅子が半円形に並んで据えられている喫煙コーナーに近寄った。

その気配に気づいたらしい菊川がこちらに顔をむけ、かすかにうなずくと口もとをゆるめた。

能勢は、菊川の隣りの椅子に腰をおろし、杖を両足の間に置いた。

「冷えますね」

菊川が、書籍売場の方をながめながら言った。

「風が冷いですね」

能勢は相槌をうつと、タウンウェアーの内ポケットから外国製の煙草を取り出した。

定休日の翌日であるためか、どの売場にも客の姿が多いように思える。乳母車に幼児をのせたり、子供の手をひいている女客が目立つ。

そこは、駅の高架線の下にもうけられたショッピングセンターで、地下と一、二階に各種の商品の売場が二筋の通路の両側につらなっていて、それぞれの階がエスカレーターと階段で通じ、デパート形式になっている。高架線の上を都心にむかう電車が走り、私鉄との乗換駅にもなっているので乗降客が多く、そのセンターには客足が絶えない。

能勢は、腕時計に視線を落した。針が一時十分すぎをしめしている。

菊川とそして飛田は、一時までには必ずそのコーナーに来ていて、能勢もかれらと前後して椅子に腰をおろすことを繰返してきた。菊川と飛田のどちらが言ったのか忘れたが、昼食時はそのショッピングセンターに客が少くなり、一時頃なら喫煙する者もほとんどなく、好みの椅子に坐ることができるからそれまでに喫煙コーナーに来た方がいい、と教えてくれた。

たしかに、一時を三十分もすぎると、そのコーナーの椅子はほとんど埋まり、立ってせわしなく煙草をすい、吸殻入れにすい終った煙草を落して去る者も多くなる。能勢も一時までにという教えにしたがって、昼食後、家を出てショッピングセンターに足をむけるが、時折りおくれることもある。足の衰えがいちじるしく、途中で休んだりするので一時をすぎてしまうのだ。

無言で煙草をすっていた菊川が、

「今日もお見えにならないかも知れませんね」

と、エスカレーターの方に眼をむけて言った。

能勢は、半年ほど前からこの喫煙コーナーで菊川と飛田と言葉を交すようになったが、二人ともショッピングセンターの定休日以外は必ず定刻にやってきて、午後に所用がある時も、一応、立ち寄ってから出掛けてゆく。が、飛田は、昨日、夕方まで姿をみせず、今日もきそうにはない。

「たちの悪い風邪がはやっていますから、それにかかったのでしょうか」

菊川の言葉に、能勢は、飛田が自分より一歳上の七十一歳だと言っていたことを思い起した。風邪だと軽くみていたら肺炎で、手おくれになったという話をよくきく。

暖冬だと言われていたのに数日前から寒い日がつづき、今朝も冷え込みがきびしく、狭い庭に霜柱が立って陽光に光っていた。飛田が今後も姿をみせることがないような不吉な予感が、胸の中をかすめた。

飛田はマンションに娘と住み、バスでこの高架下のショッピングセンターにくると言っていたが、マンションがどこにあるのか知らない。この喫煙コーナーにこなくなれば、それで飛田とは再び会うことはなくなる。

能勢は五年前に妻と死別し、近くに住んでいた一人娘も、カメラメーカーに勤めている夫がロンドン駐在員となって赴任したのに従って去り、それからは一人で暮している。運送会社を定年前に傍系の倉庫会社に出向して役員をしていたが、そこも定年退社して年金生活を送るようになった。

毎日の生活で最も苦痛なのは、なにもすることがないことであった。会社勤めから解放されたら、旅をしたり美術館めぐりをしたりしようなどと考えていたが、一日の時間がすべて自分の自由になると、急に体の芯がぬけたようになにをするのも億劫《おっくう》であった。何度か旅行を試み美術館もまわって歩いたが、家にもどると疲労のみが感じられ、うつろな気分になった。

朝、起きて目玉焼をつくったりして食事をしていたが、副食物をととのえるのも面倒で、パンと牛乳、コーヒーですます。三食はきちんととらなければ体調がくずれると考え、昼食はインスタントの粥や麺類を口にし、夕食は外ですます。

退社後の楽しみの一つにしていたのは、カメラを手に東京の空襲で焼け残った町々のたたずまいを撮影することで、佃島や上野附近を歩きまわったこともあったが、一人で歩くことがなんとなく侘《わび》しく、それにも飽いた。自分をとりまく空気が静止し、時間の経過がひどくおそいものに感じられる。かれは、つけたままにしているテレビの画面をぼんやり眺めたりしていた。

週に一、二度、生活に必要な物を買うために、駅の高架線の下にあるショッピングセンターに足をむける。そこにはあらゆる商品を扱っている売場が並んでいて、かれは、食料品、菓子、下着類などを買い、書店で本の立ち読みをしたり、文房具店でボールペンや便箋を買ったりする。

歩き疲れると、二階の売場のほぼ中央にある喫煙コーナーに行って腰をおろし、煙草を取り出す。近くの売場で買物をする客や通路を歩く人の姿を眺めながら煙草をすい、三十分ほどして腰をあげる。そのコーナーに、いつもきまった椅子に肩を並べて坐っている二人の男がいるのに気づくようになった。

一人は頭の禿げ上った浅黒い顔をした男で、常にかすかな笑いの表情をうかべている。他の男は豊かな白髪で、かれもおだやかな眼をし、細い煙草をすっている。二人は寄り添うように坐っているが、ほとんど口をきき合うことはなく、売場の方や通路を往き交う人の姿をながめている。一見して見知らぬ者同士にみえるが、二人の間には互いに体のぬくもりを交し合っているような親密さが感じられた。

かれらと初めて口をきいたのは、昨年の夏であった。たまたま、頭の禿げ上った男の隣りの椅子に坐った能勢は、手にした杖を床に倒した。拾おうと手をのばす前に、それを拾った男が能勢に渡してくれた。

能勢は礼を述べ、煙草をとり出しながら、

「暑い日がつづきますすね」

と、声をかけた。

「本当に……。年をとりますと、寒さもこたえますが、暑さもやりきれませんね」

男が、前方に顔をむけたままつぶやくように答えた。

「残暑というやつですよ。もう少したてば、秋の気配が感じられるようになるでしょう」

白髪の男が、能勢に顔をむけることもせず言った。

それだけの会話であったが、その後、ショッピングセンターに行く度に、能勢は二人に軽く会釈してかれらの近くの椅子に腰をおろし、隣りの席があいている時にはそこに坐るようになった。二人の会話で頭の禿げた男が菊川、白髪の男が飛田という姓であることも知った。

かれらと時折り言葉を交したが、気候のこと以外は食物の話が多かった。それぞれの郷里の食物のことなどを口にしたが、それによって菊川が信州、飛田が会津の出身であるのを知った。東京で生れ育った能勢には、それらの話が物珍しく、もっぱら聴く側にまわった。

かれは、二人に毎日この場所に来ているのか、と何度たずねようとしたか知れないが、その度に思いとどまった。来ているのはまちがいなく、それをきくことはかれらを傷つけるような気がしたからであった。かれらは、自分と同じようになにもすることがなく、この場所にきて煙草をすい、些細な言葉を口にし合ってすごすのを唯一の楽しみとしているのだろう。それをあらためて問いただすのは酷に思えた。

能勢は、いつの間にかその場に長く坐っているようになった。かれらが腰をあげるのは五時すぎで、かれもその時刻までいてはなれることも多くなった。

そのうちに、家で昼食をすますと、喫煙コーナーに坐っているかれらの姿を思いうかべ、落着かぬ気分になって、家を出てゆくようになった。初めのうちは前日につづいてその場に行くのが照れ臭かったが、かれを迎える二人の顔には常におだやかな表情がうかんでいて、なんのためらいもなくかれらのかたわらに坐る。

かれらと並んで坐っていると、ほのぼのした思いがし、自分の表情もなごんでいるのを感じて気持が安らぐ。いつの間にか喫煙コーナーに行くことが日課になって、四時間ほどそこですごし、毎日の平板な時間の流れがひきしまったものになった。

ショッピングセンターの定休日は第一週と第三週の火曜日で、それ以外の日は必ず喫煙コーナーに行く。三人ともいつもほとんど同じ時刻に顔を合わせ、同じ時間をすごした。

そのようなことを繰返してきただけに、昨日、夕方まで飛田が姿を現わさなかったことに落着かない気分になった。突然の発病で入院でもしたのか、それとも脳出血か心臓発作にでもおそわれてすでに死亡しているのではないかという想像も胸に湧く。

菊川の横顔に視線を走らせると、いつものおだやかな表情は消えていて、一点を見つめているような眼をしている。かれも飛田に不幸なことが起ったのではないか、と考えているにちがいなく、それはいつかは自分の身にもふりかかってくることでもある、と思っているのだろう。

隣りの椅子に人の坐る気配がし、顔をむけた能勢は、

「やあ」

と、思わず声をあげた。

飛田が会釈し、煙草を取り出した。

「昨日、おみえにならなかったので、どうなさったのか、と思っていましたよ」

菊川が、眼を輝やかせてはずんだ声で言った。

「弟が死にましてね」

ライターで煙草に火をつけ終えた飛田が、低い声で言った。

能勢は、飛田がいつもとはちがって黒い服を着、ワイシャツに黒いネクタイをしめているのに気づいた。

「それはお気の毒でしたね。弟さんがいらしたんですか」

暗い表情をした菊川が、声をかけた。

「変ったやつでしてね」

飛田が、顔をしかめた。

これまで飛田の口からもれる断片的な言葉に、妻が十年ほど前に病死し、離婚して家にもどってきた娘との二人暮しだが、娘は勤めに出ているので昼間は一人ですごしていることを知った。が、弟の話はきいたことがない。

「恥をお話しするようで気がひけますが」

飛田が、少し投げやりな口調で言った。

肉親について話すなどということは今までなかっただけに、能勢は飛田の顔を見つめ、菊川も視線を据えた。

「変ったやつでしてね」

飛田は、再び同じ言葉を口にし、抑揚の乏しい声で話しはじめた。

弟は新聞社に入社し、地方支局を転々としていたが、四十歳になって東京本社に勤務するようになった。まだ妻帯していず、それから一年後に十五歳年下の美しい女と結婚した。しかし、どういう理由からか、半月もたたぬうちに女は実家に去り、離婚した。

かれの性格が一変したのはそれからで、新聞社をやめ、飛田をはじめ親戚の者の前にも姿をみせなくなった。姪や甥の結婚式の通知を出しても、出欠の返事すらない。伯母が病死した折の弟の態度が親戚の者たちの怒りを買い、それから以後、かれらは、弟との付き合いを断った。伯母の長男が電話で伯母の死をつたえると、弟は、

「それは御愁傷様」

と言っただけで電話を切り、通夜にも葬儀にも顔を出さなかった。

親戚の手前、面目を失った飛田は、休日に弟の住むマンションに行き、どのような心情にあるのかを問い、諄々《じゆんじゆん》とさとした。

しかし、弟は終始無言で、飛田が言葉を切ると、

「言いたいことはそれだけかね」

と、言った。

飛田は呆れ、マンションを出ると、それきり電話をかけることもしなくなった。

その後、人づてに弟が業界紙に関係し、さまざまな企業の社史の編纂《へんさん》と執筆で日をすごしていることを耳にしたが、飛田には、どうでもよいことであった。妻が死亡し

た時も、弟が通夜、葬儀に出席するはずはなく、連絡しても不快な思いをするだけだと考え、電話もせず、葉書で簡単に報《しら》せるにとどめた。それにも、弟からはなんの返事もなかった。

飛田の頭の中で弟の存在が薄れ、どのように生きているか考えることもなくなった。二十年近く会わぬ弟の顔の記憶も淡いものになっていた。

それが、一カ月ほど前、一通の封書で弟の消息を知った。封筒の裏には東京の郊外にある私立病院の名が印刷され、かたわらに院長名が万年筆で記されていた。便箋には、弟が肝臓癌でその病院に入院し、病状が末期にあることが記されていた。弟には身寄りがないらしく、見舞う者もいないので、病勢が悪化した時どこに連絡してよいかわからず、弟にたずねたが、弟は頑《かたくな》に返事をせず、ようやく飛田の氏名と住所を教えてくれたという。長くはもたぬので、一度、見舞いにきて欲しい、と結ばれていた。

翌日、飛田は、その病院に行き、四十年輩の院長に会った。

院長は、肝臓のX線写真をさししめし、ほとんどが癌におかされているので手術はできず、抗癌剤を注入している、と説明し、

「一カ月もちますかどうか」

と、首をかしげた。

看護婦に案内されて、飛田はベッドが並ぶ病室に行った。

弟の顔は、一瞬見まちがうほど変貌していた。頭髪は白く、それも薄れていて頬の肉がそげ落ちていた。飛田の顔を見た弟は不快そうに眼を閉じ、ベッドのかたわらの椅子に腰をおろした飛田が声をかけても返事をせず、顔を壁の方にむけてしまった。

飛田は口をつぐんだまま、三十分ほど椅子に坐っていてから、病室を出た。

「昨日の正午頃、病院から弟が危篤におちいったという電話がありましてね。出掛けてゆきましたら、すでに死んでいました」

飛田は、淡々とした口調で言った。

遺体は地下の安置室に運ばれ、飛田は病院の事務長と話し合った。飛田は、治療費がかなりの額にのぼっているにちがいない、と思い、恐るおそるその額をたずねてみた。が、事務長は、半月ごとに弟が小切手で支払いをしていて、三日前に最後の小切手を受取っているので、それ以後の治療費を払ってくれればいいと言い、思っていたよりもはるかに少い額が記入された請求書を差出した。

かれは、近くの銀行に行き、財布にあるキャッシュカードで金を引出して事務長に渡した。

遺品が段ボール箱の中におさめられていて、遺書、と表書きされた封筒が入っていた。中に便箋が一枚入っていて、「通夜、葬儀はせず、焼いた骨はどこかの土中に埋めること。墓石は不要」とのみ書かれていた。

チャックつきの小さな革製の物入れがあって、そこには銀行の普通預金通帳、定期預金証書、キャッシュカード、印鑑、マンションの鍵が入っていた。通帳の額は六百万円弱、定期の証書は三通で、計二千五百万円の数字が印されていた。

遺体は、病院に出入りしている葬儀社の社員の手で納棺され、車でマンションに運ばれた。葬儀社の社員が、簡単な祭壇をかざり、死亡にともなう手続きもしてくれた。

遺書に書かれていた通り、通夜、葬儀はおこなわぬことにした。普通預金の金の一部で一通りのことはできるが、たとえ営んでみたところでくる者はいない。火葬場で遺体を焼く時刻は明日の午前十一時で、霊柩車で遺体を運ぶ手筈もきめた。

「それは大変でしたね。一人でなにもかもやったのでは……」

菊川が、同情するような眼をした。

「血のつながった弟ですからね。私以外だれもやってくれる者はいません。私ですら呆れ果てて絶縁状態にあった弟のことですから、死んだと親戚の者に伝えてみたところで、だれも焼香などにくる者はおりませんので、連絡もいたしません」

飛田の顔に、少し悲しげな表情がうかんだ。

能勢も菊川も、黙っていた。

飛田は、二本目の煙草を取り出し、口にくわえると、

「今日はこれから弟のマンションに行って、一人で通夜のような気分ですごそうと思っています」

と、言った。

能勢は、飛田が喪服を着ている意味を理解できた。祭壇の前で一人坐る飛田の姿が侘しげなものに思いえがかれた。

「どうでしょうね。明日、焼場へ行く時、私たちも参りましょうか。お邪魔じゃなかったら……。どうです、能勢さん」

菊川が、能勢の顔に眼をむけた。

「それはいい」

能勢は、反射的に答えた。

飛田は、思いもかけぬ言葉を耳にしたように、一瞬、放心した眼をし、菊川と能勢の顔を見つめた。

「お差しつかえなければ、ですがね」

菊川が、飛田の顔をうかがいみた。

飛田は無言で思案するような眼をしていたが、やがて、口を開いた。

「私もね、火葬場へ弟の体を運んで焼き上るのを一人で待っているのを、人がみたらどう思うか、気が重かったんですよ。火葬場に棺とともに一人できて、焼き上った骨を持って帰る者なんかいませんものね」

「だから私たちが行くというんですよ」

菊川の言葉に、能勢は、そう、そう、と言ってうなずいた。

「縁もゆかりもない弟のことで、おいでいただくなんて申訳ありませんけれど……。あなたたちが行って下されば、人眼を気にすることもせずにすみます。お言葉に甘えさせていただきましょうか」

飛田の眼に、明るい色がうかんだ。

「それでは、明日、何時に会いましょうね」

菊川が、たずねた。

マンションのある町には、私鉄の電車に二度乗り換えてゆかねばならない。霊柩車がマンションにくるのは午前十時十五分で、駅の改札口で九時に待合わせることになった。

「気が楽になりました。それでは、これからマンションに行きます」

飛田が腰をあげ、

「明日、また」

と言って軽く頭をさげ、喫煙コーナーをはなれた。

能勢は菊川と、飛田が売場の間の通路を去るのを見送った。

二人は、黙って坐っていた。

翌朝、能勢は、黒い背広に黒いネクタイをしめ、香奠《こうでん》を内ポケットに入れて家を出た。人の死が伝えられると、かれは必ず通夜か葬儀に出掛けてゆくが、それはなすこともなくすごしている身にとって、たしかな目的を持って外出することに張り合いに似た気持になるからであった。それに、飛田の弟の焼骨に立ち合うのは、飛田と菊川との三人だけで、自分の比重は大きい。どうしても行かねばならぬ身であることにかすかな満足感もいだいていた。

駅の改札口に行くと、喪服を着た菊川が神妙な表情をして待っていて、すぐに飛田も姿を現わした。

飛田が三人分の切符を買い、かれらは私鉄の電車に乗り、並んで腰をおろした。

弟の略歴について話さねばならぬと思ったらしく、飛田はあらためてそれを口にした。国立大学の文学部を卒業して新聞社に入社した弟は、後半は文化部にぞくし、有能な記者と言われた。退社後、二、三の業界紙に関係したが、五十歳を過ぎてからは各企業の社史編纂の仕事に従事していた。それを裏づけるように、マンションの書棚にはそれらの社史が並んでいるという。

「女っ気はなく、一人で暮していたんですよ」

飛田は、うつろな眼をして言った。

乗換駅で降り、郊外にむかう私鉄の電車に乗った。

やがて川に架った鉄橋を渡ると、鉄筋コンクリートの建物が立ち並ぶ街が現われ、能勢と菊川は飛田にうながされて下車した。マンションは駅から歩いて五分ほどの位置にあり、近くに立ち並ぶ高層マンションとは対照的に古びていて、三階建であった。

弟の部屋は二階で、六畳ほどの洋間につづいて六畳と四畳半の和室があり、六畳の和室に祭壇がかざられていた。壁にかかった時計は十時をしめしていた。

飛田が灯明をともし、能勢は、菊川につづいて祭壇に香奠袋をのせ、焼香して合掌した。

ドアをノックする音がし、男の声がした。飛田が立ってドアをあけると、青い揃いの服を着た葬儀社の男が三人入ってきて、挨拶した。

祭壇から棺がおろされ、ふたがあけられた。頬骨の突き出た白髪の男の顔が現われた。葬儀社の男が飾られた生花を箱にとり、能勢は飛田たちと花を遺体のまわりに入れた。

ふたがとじられ、石で釘を軽く打ち、それがすむと、葬儀社の男がなれた手つきで素早く釘を打ちつけた。葬儀社の男も加わって棺が部屋から運び出され、階段をおりた。道には霊柩車とハイヤーがとまっていた。

棺が霊柩車におさめられ、能勢は、飛田と菊川の後からハイヤーに乗った。霊柩車につづいてハイヤーも動き出した。

「御足労をおかけしてすみませんね」

飛田が、あらたまった口調で言った。

「なにを仰言《おっしゃ》います。弟さんの御供養になって嬉しいですよ」

菊川が答え、能勢もうなずいた。

「弟の遺した金をどうするか。マンションも弟の持物ですしね。肉親は私だけですからそれをつぐことになるのでしょうが、この年になってそんなものはいりませんし、弟に女でもいたら渡すのですが……」

飛田が、前方に眼をむけたままつぶやくように言った。

能勢は、飛田の弟のマンションの部屋を思いうかべた。すべてが整然と片づいていて、台所の鍋やボールなども棚の上にきちんと並べられていた。和机の上に万年筆が一本置かれていたのが印象的であった。

飛田の言っていた通り、女がいたなどという気配は感じられなかった。病院に見舞いにきた者は皆無だったというから、親しくしていた女はいなかったのだろう。飛田の弟が机の前に坐って、原稿用紙に万年筆を走らせている孤独な姿が思いえがかれた。

両側に畠がつづくようになり、霊柩車が小川にかかった橋を渡ると、前方に火葬場らしい鉄筋コンクリートの白い建物がみえてきた。

能勢は、その建物の裏手に突き立つ煙突から、薄紫色の淡い煙がただよい出ているのを見つめていた。


翌日、後始末で飛田は姿を現わさぬだろうと思っていたが、喫煙コーナーのいつもの椅子に菊川と並んで坐っていた。

「昨日は、弟の骨まで拾っていただいて、ありがとうございました」

飛田が立って、頭をさげた。

「いえ、しみじみとした気分で、いい日でした」

能勢は、挨拶を返し、飛田の横の椅子に腰をおろした。

火葬場では小さな畳じきの控室が用意されていて、そこで仕出し弁当で昼食をとり、火葬場の係員の案内で窯《かま》の前に行き、骨を拾った。骨壺を入れた白い箱は、マンションの和机の上に置かれた。

飛田が紙袋から包装された箱を二つ取り出し、

「御香奠のお返しです」

と言って、能勢と菊川に渡した。

あけてみて下さい、という飛田の言葉に、能勢は菊川と包装紙を開き、箱のふたをあけた。中には、シルクのマフラーが入っていた。

「これはなによりです。こういうものが欲しかった」

と菊川が言い、能勢は、

「いい柄ですね」

と、言った。

「気に入っていただいて、よかった」

飛田が、嬉しそうにうなずいた。

マフラーを箱にもどして包装紙をかけながら、菊川が、

「どうでしょうね。お互い、これから病気になることも必ずありますでしょうし、その時はお見舞いをし合うようにしませんか。弟さんには見舞う者がいなかったそうですが、私も似たり寄ったりになるでしょう。それでは淋しい」

と、思いつめたような口調で言った。

「私も、弟の部屋で一人で通夜をしている時、自分の通夜に何人来てくれるか、と考えましたよ。恐らくわずかな者しか来てくれません」

飛田の眼に光るものが湧いているのを、能勢は見た。

「病気見舞いだけではなく、通夜にも葬儀にも出る」

能勢が、張りのある声で言うと、菊川は笑い、飛田も頬をゆるめた。

飛田の弟の骨拾いをしたことで、三人の親密さが増したようだ、と能勢は思った。見知らぬ二人と喫煙コーナーで言葉を交すようになったが、この年齢になって得がたい友を得たのを感じた。

かれらは口をつぐみ、思い思いに売場や通路に眼をむけた。

女のアナウンスの声がし、迷子がいることを繰返しつたえていた。

花火

両側にガラスの張られた大きな水槽がつづく水族館の通路を、バスが進んでいるような錯覚をおぼえる。窓の外を流れてゆく夜の街のたたずまいが、水槽の中の藻や魚に似た瑞々《みずみず》しさで眼に映じてくる。

煉瓦色をしたマンションの一階に、色とりどりの花を店の奥まであふれさせた花屋が見え、それが過ぎると、電光に艶やかな色をみせている柑橘類の中にメロンを数個置いてある果実店が現われてきた。夏物セールの赤い札を店頭に垂れさせた洋品店のショーウィンドウには、色鮮やかな女の海水着が、干された烏賊《いか》のように突っぱって吊るされている。

なぜ、このように街が美しくみえるのだろうか。

私の胸に遠く過ぎ去った日のことがよみがえった。

それは私が二十一歳であった年のことだが、三カ月に及ぶ入院生活を送り、その間に苛酷な各種の検査と大量輸血の末に手術室に運ばれた。局所麻酔のみによる五時間余の手術で五本の肋骨を切除されて左肺の上葉部がつぶされ、同時にその部分に巣食っていた結核菌の病巣も圧縮された。

術後の激しい呼吸困難と切開部の痛みに呻吟《しんぎん》したが、やがてそれも薄らいで退院の日がやってきた。

その日、兄と弟が迎えに来てくれて、私は、弟に支えられて兄の運転する小型のダットサンの後部座席に坐った。車が長い坂をおり、広い道に出た。窓外に眼をむけていた私は、路面も家並も車も電柱も清冽に洗われたように澄み切ってみえるのに呆気にとられた。生い茂った街路樹の葉の葉脈が一筋一筋眼にとらえられ、歩く若い女の白いブラウスが、折目のついた清潔なナフキンのように見えた。私の皮膚は青みをおび、自分の体が糸蜻蛉に類したすき透った昆虫のようにはかないものに感じられていて、街が異常なほど澄んでみえるのは、眼が複眼にでも化しているからではないか、とさえ思った。

その時ほどではないが、夜の街が洗い清められたようにみえるのは、執刀医であった醍醐《だいご》氏の死を知って手術をうけた折のことがあらためて思い起され、そのため視覚が退院の日のように冴えているのではないか、と半ば真剣に思った。

氏の死を知ったのは朝刊の死亡欄の記事で、前日の午後、腎不全によって死亡したという。元東大教授で外科の一部門の名誉会長の任にあったとも記されていた。

告別式の日時も書かれていたが、明後日の午後一時からであることに、私は当惑した。その日は、朝、家を出て浜松市におもむく予定になっている。

思いあぐねた私は、住所録を取り出して氏の自宅の電話番号を眼にしながら受話器をとった。話し中の音がして、再びプッシュボタンを押すと、中年の人らしい男の声が流れ出てきた。私は、告別式に出られぬ事情を述べ、通夜の日時をたずねると、今夜、仮通夜をするという。

私は、礼を言って受話器を置いた。

仮通夜には親族のみが集り、血縁者以外の者は遠慮するのが習いである。しかし、私は、自分にかぎってはそのような世の常識にとらわれなくてもよいのではないか、と、身勝手なことを考えていた。

私は、氏の執刀で手術をうけた後も、初めは月に二度の割合で、後には年に一度ずつ氏の在籍する大学附属の病院で定期検査をうけ、それは氏が十年ほど前に退官するまでつづいた。私には、氏に対する一種の甘えに近い感情がある。それは、自分の肉体を短時間ながら氏のメスにゆだねたという意識から生じたもので、その手術によって死をまぬがれた私には、肉体が自分のものだけではなく、氏と共有しているような奇妙な感じがある。几帳面に長い間検診をうけつづけたのも、氏によってあたえられた生命をなるべく長く維持しなければならぬという、氏に対する義務感に近いものからであった。

氏にとって私は一患者であったにすぎないが、私の側からみると氏は、自分が生きていることと直接むすびついている存在であり、仮通夜におもむいても決して礼を失することにはならぬ、と思った。

氏の死を知った時は不意をつかれたような驚きをおぼえたが、或る程度は予想していたことでもあった。

氏の発病を知ったのは五年ほど前で、私は入院先にお見舞いに行った。氏は寝巻を着てベッドの上に坐り、付添った夫人とともににこやかに私を迎え入れてくれた。

「腎臓をやられましてね」

と、病気のことを口にした氏は、医学者としてすべてを承知しているらしく、人工透析をしているが厄介な病気だ、と、少し苛立った表情をして言った。

私が手術をうけた頃には黒々と艶のあった氏の髪も、年を追うごとに白髪が増し、いつの間にか地肌も透けて真っ白くなっている。顔の皮膚も年齢相応に張りを失っているが、声は若々しく、殊《こと》に眼が若い時と同じようにきらきら光っていた。

私は、氏と少しの間雑談し、病室を辞した。

その後、氏は短期間入院することもあったが、もっぱら自宅で療養しているようだった。小康状態を保っていたらしく、私が外科学会の催しで講演を依頼されておもむいた会場で思いがけず会ったこともある。杖を突いてはいたが、氏は元気そうで、私を患者をみるような眼で見つめ、

「体調はよさそうですね」

と、言ったりした。

昨年の暮近く、氏の大学時代の後輩である医学部の教授から、氏が入院していることを教えられた。入院先は、氏が十年前まで病院長をし、私が手術をうけた病院で、病状をきくと、確かなことはわからないが、芳《かんば》しくないらしい、という。

雪のちらついている冬の日の午後、私は久しぶりに病院に足をむけた。煉瓦色の三

階建の建物は、増改築を一切していないらしく、私が入院した頃と少しも変りはない。

門を入った私は、病院のガラス窓のつらなる二階に眼をむけた。そこは広い手術室になっていて、手術が終った後、手術台の上に半身を起された私は、開いた窓のかたわらの長椅子に坐った氏が、顔を汗で光らせ、しきりに団扇《うちわ》を使っているのを眼にした。むろん今では、手術室も冷房装置がそなえつけられていて、執刀者が窓をあけて涼をとることなどないにちがいない。

受付で氏の病室をきいた私は、外科外来受付の前をすぎて左に曲り、渡り廊下に似た長く伸びている通路を進んだ。通路の両側には、空地をはさんで二階建の病棟が並んでいる。

教えられた病棟の入口を入った私は、一瞬、茫然として足をとめた。時間が急速に逆行し、自分が終戦直後の時間の中に身を置いているような錯覚をおぼえた。

そこは私が三カ月間病臥していた部屋のある外科病棟で、灰色にくすんだ通路の壁もコンクリートの床も、当時と寸分ちがわない。通路の右手の壁ぎわにはコンクリート造りの長い流し台があったが、それもそのまま残っていて、付添い人らしい初老の女が洗い物をしている。長い歳月がたっているのに少しの変化もない眼前の情景に、私は、驚きというより恐れに似たものを感じた。

醍醐氏の入っている病室は二階で、私は放心した気分で階段をのぼった。

二階にあがった私は、病室の並ぶ通路を進み、右側の病室に氏の姓名を記した木札がかかっているのを眼にした。

私は、腕時計に視線を落し、針の位置をたしかめた。手術前後の病床生活で、私は見舞い客が来てくれるのを嬉しく思いはしたが、体に悪い影響があらわれるのが常であった。見舞い客に元気であるように装って、話に相槌をうったり受け答えをしたりしたが、客が帰ると激しい疲労感におそわれ、発熱することもしばしばだった。そうした過去の経験から、親しい人が入院しても原則として病気見舞いをすることはせず、やむを得ない折には、病室の外で付添う人に見舞いの品を渡して帰ることにしている。

医学者である氏は、もしも見舞い客に会うことが少しでも苦痛なら面会謝絶の紙をドアに貼るはずだが、それはなく、入室しても差支えはないのだろう、と思った。私は、病室にいる時間を十分間ときめ、ドアをノックした。

女の声がし、ドアが開いて夫人が姿を現わした。

「お邪魔をしてもよろしいでしょうか」

私が言うと、夫人は眼もとをゆるめて、
「退屈しておりましたから、どうぞ」
と言って、私をドアの内部へ招じ入れてくれた。
氏は、前回見舞いにうかがった時と同じように、寝巻を着てベッドの上に坐ってい
た。少し顔色が悪く、幾分痩せているようにみえた。
私は氏に見舞いの言葉を述べ、夫人のすすめに従ってベッドのかたわらにある丸椅
子に腰をおろした。病室に花はなく、氏が花の香をいまわしく思っているのかも知れ
ず、花を持たずに来てよかった、と思った。
氏は、病状について、
「はかばかしくありませんでね。通院も手間がかかるので、家も病院も同じだから入
っていたらどうです、と病院の者にすすめられたんですよ」
と言って、かすかに笑った。
病勢が進んだ上での入院でないらしいことに、私は安堵した。
気分が軽くなった私は、氏と雑談しながら、ふと数年前から胸にわだかまっている
疑念について氏の意見をきいてみたい、と思い、口を開いた。

「私のうけた胸郭成形術のことですが、私より以前にその手術をうけた人に今まで一人として会ったことがないのです。手術のことは小説や随筆にも書き、同じ手術をうけたという読者から手紙もいただくんですが、すべて私より後に手術をうけた人ばかりです。なんとなく私より以前に手術をした人は、ほとんど生きていないのではないか、とそんな気がしまして……」

「あなたの手術は、かなり早い時期のものでしたね。いつでしたか」

氏は、若々しい声でたずねた。

「昭和二十三年の九月初旬です」

「それは早いな。私の病院で胸郭成形術をやりはじめたのは、その年の五月でしたからね」

胸郭成形術はドイツで開発され、日本でも戦争末期に試験的におこなわれたが、化膿がいちじるしく悲惨な結果に終った。戦後、ペニシリンが入ってきて化膿の危険も薄らいだので、昭和二十三年五月の学会で胸郭成形術をやろうということになり、進取の気風をもつ醍醐氏の病院の外科医たちが、積極的にそれをはじめたのだという。

「たしか私は、四十二番目の患者だときいた記憶があるのですが……」

「多分、そうでしょう。三日に一度ぐらいの割合でしていましたから……」

氏の眼は、光っている。

「手術の成果はどうだったのですか」

「あなたの病巣の位置は、左肺上葉の最上部でしたから期待通りでしたが、位置が悪かったり再発したりして、不幸な結果に終った人もかなりいました。一年以上の生存率は四〇パーセント以下でした。それを知っていても、重症の患者は手術を希望して、ベッド待ちをしている人が多かったのです」

私も兄にせがんで入院手続きをとってもらったが、いつまでたってもベッドが空いたという報せがなく、二カ月以上たってからようやく入院することができたのだ。

「医学関係者の集りなどに行って、胸郭成形術をうけたのだと言いますと、むごい手術だったということはきいている、と言うだけで、メスをとったという方はおりませんね」

「それはそうでしょう。あの手術をさかんにやったのは三年間ほどだけでしたからね。もう四十年以上も前のことで、現在、大学で教授をしている外科医たちは、まだ大学にも入っていない頃ですから、やった者などいません。伝説的な手術になっているのです」

「三年ほどでやめたというのは？」

「肋骨をとる代りに、ピンポン玉のような合成樹脂の玉を入れて病巣のある部分をつぶす方法が流行したのです。これが大失敗で、いずれも化膿したのでその玉を掘り出したのですが、かなり多くの人が死にました。そのうちにストレプトマイシンが登場するようになって、手術の必要もなくなったのです」

氏は、淀みない口調で答えた。

腕時計に視線を落すと、すでに十分は経過していた。

「私より以前に手術をうけた人で、生きている人は少いのでしょうね」

「多分」

氏は、少し首をかしげ、

「あなたの場合はストレプトマイシンが使用できるようになる以前のことでしたからね。ともかくその頃、私が手術した患者さんで消息を知っているのはあなただけです。手術の時に大量の輸血もしていますので、その後、肝炎で亡くなられた方も多いでしょうね」

と、つぶやくように言った。

「長話をしてしまいまして……」

私は、腰をあげた。

氏の表情に、疲れた気配はない。

「先生のお話をきいているうちに、自分が古生代の遺物のシーラカンスのような気持になりました」

私が言うと、氏は笑った。

「御快癒をお祈りしております」

私が頭をさげると、氏は、ありがとう、と言った。

夫人がドアの外まで見送ってくれ、私は、病室の前をはなれた。

階段をおりた私は、一階の病棟に眼をむけた。

通路の左側には、当時と少しも変らぬ窓のつらなる部屋がみえる。そこは広い病室で十七のベッドが並び、胸郭成形術をうける患者のみが入れられていた。筋肉質の体をしたタクシーの運転手や、しばしば訪れてくる婚約者とベッドに腰をおろして話をしていた若い女のことが思い起される。それらの人たちも、すでにこの世にはいないのかも知れない。

このまま去る気になれず、私は通路に足をふみ出した。

広い部屋の前に近寄り、窓ガラスを通して内部に視線を走らすと、ベッドはなく、治療センターとでも言うのか、若い医師や看護婦の姿がみえ、棚には薬品類が並んでいた。

私は、その前を通り過ぎ、奥に進んで突き当りを左に曲った。

私は足をとめ、立ちつくした。当然と言えば当然なのだろうが、私には信じがたい不思議なことに思えた。古い遺跡が少しも原形を損われずに遺され、それを眼にしているような錯覚にとらわれた。二つの病室が並び、それぞれの細長いドアの板も鈍い金色をおびたノブも、当時見なれたそれらと変りはない。私が病臥していたのは右手の部屋で、恐らく内部には私が手術後激しい床ずれで苦しんだ鉄製のベッドも置かれ、そこに男または女の患者が横になっているのだろう。

私が入院した時、左手の病室には材木商の妻だという女が入っていたが、手術前に死亡し、翌日、三十七、八歳の体格の良い会社経営をしている男が入った。その男とは廊下で何度かすれちがったが、手術後の経過が思わしくなく死亡したときいている。

私が退院後、私のいた病室にもすぐにだれかが入ったはずだが、死をまぬがれることができたのだろうか。

壁にはめこまれた二つのドアが、火葬場の窯《かま》の扉のようにみえ、私は背をむけると通路を引返した。

バスが進むにつれて商店もまばらになり、窓の外の彩《いろど》りも薄らいだ。

運転席の上の電光掲示板に、次のバス停の文字が浮きあがり、私は、座席の上方にある下車をつたえるボタンを押した。

やがて、バスが徐行してガソリンスタンドの手前で停止し、私は下車した。

十年前に肺癌で死亡した弟が発病した時、その治療について指示を仰ぐため氏の家を訪れたことがあり、迷路のような道をたどって探しあぐねたが、私は、見当をつけて車道から路地に入った。

静かな住宅街で、私は、記憶をたどりながら路地を何度か曲って進んでゆくと、前方に電光で明るんだ一角があって、そこに花輪がほの白く並んでいるのが見えた。

いかにも仮通夜らしく、氏の表札のかかっている門の前には受付のテントなども出ていず、人の姿もないが、家の中には光が満ち、それが路上に流れ出ている。ドアが開かれていて、土間に多くの履物が置かれていた。

奥に声をかけると、すぐに若い女が出てきて膝をついた。私が姓を口にすると、女は奥の部屋に入ってゆき、代りに白いブラウスを身につけた夫人が姿を現わした。看病の疲労の色が顔に濃くしみついているが、張りつめた緊張が光った眼に感じられる。

通夜の客が何人かはいると想像していたが、すでに帰った後なのか、部屋には血縁者らしい人だけが坐っていた。

氏の遺体が横たわり、枕もとに白布のかけられた台が置かれていた。私は台の前に坐って焼香し、合掌した。先生のおかげで生きさせていただいております、と私は胸の中で氏への感謝の言葉をつぶやいた。

「主人が死んだとは思えません。見てやって下さい」

遺体のかたわらに坐っていた夫人が、氏の顔にかけられた白布に手をのばし、取り除いた。

通夜の席で遺族から死顔を見て欲しいと言われた時には、堪えられませんので……と言って辞退することにしている。おおむね病み衰えての死であり、その死顔を眼にするのは死者への冒瀆《ぼうとく》ではないか、という思いがある。また、無抵抗に人の眼にさらしている死顔を一方的に見るのは僭越《せんえつ》だという気持もある。が、辞退の言葉を口にする余裕もなく、私は氏の死顔と対した。

氏の顔は、八カ月前、病室に見舞った時とほとんど変らず、死んだとは思えぬという夫人の言葉が素直に身にしみた。しかし、氏のきらきら光る眼は閉じられ、皺の刻まれた瞼がその上をおおっている。

「私は、先生のおかげで生きさせていただいております」

私は夫人に、胸の中でつぶやいた言葉をあらためて口にし、遺体に深く頭をさげた。

氏の家を辞した私は、路から路へたどって歩いた。手術直後、団扇を使っていた氏の姿がしきりによみがえる。

当時、氏は三十二歳で、看護婦たちは、氏を手術の名手だと口々に言い、氏の執刀で手術をうける私を幸運だ、と言っていた。局所麻酔のみによる手術なので終始意識があった私は、激痛に堪えながら、氏が助手や看護婦たちにきびきびと指示する声を耳にしていた。そして、肋骨を切断する折に氏が、

「痛いよ」

と私に声をかけ、その直後、私の体は手術台の上で生きた魚のようにはずんだのだ。私を生かそうとメスを動かした氏が死に、私が生きながらえて夜道を歩いていることが矛盾しているように思えた。

私は、歩き、ようやく電光のひろがる車道を前方に見出した。

二日後の朝、家を出ると新幹線の列車で浜松市に行った。医学関係の会合があり、その席での講演を依頼されていたのである。

講演は辞退することを常としているが、それはいつかは訪れてくる死までの時間を書斎で少しでも長くすごしたいと思うからだ。しかし、創作の仕事で多くの人の助力を得ている私は、それらの人からの依頼に応じないわけにはゆかず、浜松市での講演もそれに類したものであった。

会の幹事の方と昼食をとり、医学者の学術発表があった後、演壇の左隅にあるレクチャーボックスの前に立った。過去に、日本の医師と二人の光学技師が胃カメラを開発した経過をたどる小説を書いたことがあって、それについての話をした。

予定の一時間が来て、私は演壇をおりた。

控室で幹事と雑談後、車で駅まで送ってもらい、上りの「こだま」に乗った。家族がすでに熱海のホテルについているはずで、夕食時までに私はそこへ行く予定になっていた。

旅行は、講演以外、小説を書く上での資料収集や現地調査を目的としたものにかぎられ、観光旅行などはしたことはなく、二人の子供が大学に入って以後は家族旅行もしていない。

長男のもとに女児が生れ、三カ月前に長女が結婚したので、久しぶりに家族そろって一泊旅行をしようということになり、熱海のホテルの役員をしている友人に相談した。友人は、花火大会がもよおされる日の部屋を確保してくれ、その日が会社勤めをしている長男と長女の夫の暑中休暇にもあたっていたので、私が浜松市からの帰りに合流することにきめたのだ。

熱海駅で下車すると、駅前には花火見物にやってきた人たちがむらがっていて、タクシー乗場にも長い列が出来ていた。私はその後尾について、三十分以上も待たされてからタクシーに乗った。

ホテルの九階の部屋には、妻をはじめ長男夫婦と一歳半の孫、それに長女の夫婦がいて、すでに和室の食卓に女の従業員が食事の仕度をはじめていた。
私は着替えをし、ホテル備えつけの浴衣を着た。窓の外には夜の色がひろがってい
て、港に初島帰りの観光船が電光を海面に映えさせながら、ゆるやかに桟橋に近づい
ている。海ぎわに重り合うように並ぶホテルの窓は輝やき、その背後にせり上ってい
る丘陵の斜面にあるマンションにも点々と灯がみえる。海岸に黒いものが動いている
のは、集ってきている見物客であった。
食事がはじまり、長男たちは、ビールのコップを傾けたり箸を動かしたりしながら、
花火を観た思い出を口にし合った。長男と長女は、小学生の頃豊島園で花火を観たこ
とがあると言ったが、長男の妻も長女の夫も近くで観たことはないという。妻は、福
岡市でもよおされた大規模な仕掛け花火のことを話した。
「お父さんは？」
長男にきかれ、私は、子供の頃、物干台で毎夏眼にした両国の川開きの花火のこと
を口にした。高い建物がなかったので、はるか遠くはなれた両国の花火が夜空に打ち
あげられるのが見えた。むろん音はきこえず、蒲公英《たんぽぽ》の冠毛のような彩られた光の輪
が時には重り合って開く。その度に、近くの物干台から歓声がおこり、私も声をあげ

ていた。

ホテルのすぐ前の浜で打ちあげられる花火に、孫は恐れを感じるのではないか、と妻が低い声で言った。

長男の妻が、

「そうかも知れませんね」

と、案じるような眼をして少し首をかしげた。

食事が終って間もなく、突然、火薬の炸裂音がして、窓の外に光の筋が上昇し、乾いた音とともに光の輪が夜空に開いた。

長男たちは窓ぎわに行き、私は、食卓の前に坐っている孫の体を抱き上げて窓に近寄った。

私は、孫をおびえさせぬように、きれいだね、花火だよ、と声をかけ、つづいて打ちあげられる花火に眼をむけながら孫の気配をうかがっていた。

花模様のついた浴衣を着た孫は、息をひそめたように体をかたくして窓の外を見つめている。泣き出すのではないか、とその表情に視線を走らせていた私は、孫の大きく開かれた眼に輝やきが宿るのを見た。

窓の外に数条の光の筋がすさまじい音とともに立ちのぼり、炸裂音が重り合ってとどろき、大輪の光の輪が夜空一面に開いた。孫の口から叫び声に似た声がもれ、同時に体を激しくはずませた。

かたわらに立つ長男の妻が、安堵したように私に笑顔をむけ、私も頬をゆるめた。孫は、花火が打ちあげられる度に、私の腕の中で体をはねさせる。妻や長男たちは、孫の興奮した声に笑い声をあげ、花火をながめている。

不意に、為体《えたい》の知れぬ熱いものが咽喉元に突き上げてきた。孫の小さな骨格が、私の腕にふれている。浴衣の布地につつまれた孫の肩が私の眼の前で上下し、彎曲《わんきょく》した肋骨の骨が私の掌に感じられる。私が手術をうけず、または手術が失敗していたら、長男は生命を得ることはなく、腕の中ではねつづける小さな骨格もこの地上に存在することはない。

手術台の上で泣きわめき、体をはずませていた記憶がよみがえり、腕の中で動く骨格の感触に、生きているという実感が胸にみちた。

私は、落ちそうになるほど体をはねさせている孫の体を抱きしめながら、彩られた光のひろがる夜空をながめていた。

受話器

コール音がつづき、電話を切ろうとした時、受話器をとる音がして、千原の声がきこえた。

塚崎が、一時間ほど前に電話をしたが、留守のようだったので、と言うと、

「犬を散歩させて、少し前にもどってきたんだ」

と、千原は弁明口調で答えた。

受話器からクラシック音楽の旋律がきこえ、かなりボリュームをあげているらしく、千原の声がその旋律の中に漂っているように感じられる。

塚崎は、用件を口にした。

中学校時代の気の合った友人たちで、昨年の春から休日に連れ立って歩き、酒を飲むことをつづけている。鬼灯市《ほおずきいち》に足をむけたり七福神めぐりをしたり、時には観梅を兼ねて熱海に一泊旅行をしたこともある。

初めに誘いをかけてきたのは、家業の香料問屋の経営を長男に託して時間の余裕もある白井だった。かれは、東京の下町の地理に通じていて各町々の行事にも詳しく、案内役を買って出るから共に歩かないかという。

十人ほどの友人がその誘いに応じたが、かれらはいずれも休日をどのようにすごそうかと思っている者たちばかりであった。六十代も半ばに達して、勤務先を定年退職した者もいれば、系列会社に移っている者もいる。五十代までは、休日にゴルフをしたりして楽しんでいたが、体力の衰えを感じてクラブをにぎることもしなくなり、散歩や孫の相手をしてすごしている。そのような者にとって、気心の知れた友人たちと都内の小旅行を試みるという企ては、願ってもないことであった。

塚崎自身にしても、建設会社を定年前に系列会社に出向という形で移り、役員として出勤しているが、休日にはこれといってなにもすることがなく、白井の誘いに乗ったのだ。

昨日、白井から塚崎の会社に電話があり、水上バスで隅田川を浅草まで行き、小料理屋で一杯、という企画を立てたが、参加しないか、という。応諾すると、千原の都合もきいてくれ、と依頼された。

「どうかね。行けるかい」

塚崎がたずねると、千原は、

「いいね。行くよ。毎日、ひまを持て余しているのだから……」

と、答えた。

千原は、製薬会社を定年退職して一年ほど嘱託《しょくたく》として働いていたが、その後はなにもしていない。かれは、白井の企てに毎回参加している。

「それじゃ、白井にその旨《むね》つたえておく」

塚崎は、待合わせ場所その他を書いた葉書が白井から行くはずだ、とつけ加え、受話器を置いた。

かれは、洋間の椅子に坐り、白い電話機を見つめた。

千原の声の背後にきこえていた音楽の旋律の中に、人の気配は感じられない。マンションに住んでいるというが、その空間に呼吸をしているのは千原一人に思える。

一時間ほど前に電話をした時、コール音がしているだけでだれも出なかったが、千原の妻は、かれと一緒に犬を散歩させに行っていたのか、それとも所用で外出していたのか。

同じ小学校から中学校に入った関係で、塚崎は千原と親しく、なにか中学校時代の友人からの連絡事項があると、塚崎が千原につたえることが習わしのようになっている。そのため、千原のマンションに電話をかけることが多いが、電話口に出るのは常にかれであった。

知人の家に電話をすれば、本人が直接受話器をとることもあるが、妻や家族が初めに出ることの方が多い。年齢をかさねるにつれて、家の電話は妻子が使用する率がたかまって、ベルが鳴っても本人は受話器をとることは少いのだろう。千原の妻が電話口に出ることがあってもいいはずなのに、きこえてくるのは千原の声だけで、それが十数年前からのことである。

電話機を見つめながら、塚崎は、家の中でただ一人音楽に耳をかたむけている千原の姿を想像した。

翌週の日曜日の午後、東京駅構内のスタンド式喫茶店の前に行くと、すでに白井をはじめ四人の友人が立っていた。毎年秋にもよおされるクラス会には背広を着てくる友人も、ノーネクタイに街着という軽装で、カメラを手にしている者もいる。

五月の連休後なので、日曜日なのに構内に人の姿は少いように思える。それでも、待合わせ場所として知られるようになっているその場所には、多くの男女がボストンバッグなどを手にして立っていた。

往き来する人にまじって、小柄な千原の姿がみえた。白髪まじりの頭髪は乏しく、それがきれいになでつけられ、縞柄のタウンウェアーに臙脂《えんじ》色のシャツをつけている。

かれは、塚崎たちに片手をあげ、少し頬をゆるめて近寄ってきた。

つづいて長身の友人がやってきて、それで全員が集り、塚崎たちは、歩き出した白井の後から改札口を出ると、タクシー乗場に行った。

白井が友人たちとタクシーに乗り、それにつづくタクシーに、塚崎は千原たちと身を入れた。

「天候に恵まれてよかったね」

塚崎が言うと、千原は、

「そうだね。昨日の夕方から雨になって、心配していたのだが……」

と、窓の外に眼をむけながら答えた。

日曜日なので道に車は少く、タクシーは、白井の乗ったタクシーの後につづいて走ってゆく。

やがて、前方に竹芝桟橋が近づき、タクシーは水上バスの発着場の前でとまった。白い瀟洒《しょうしゃ》な観光船がついていて、すぐに出航するというので、塚崎たちは白井の後から連れ立って船内に入った。ガラス張りになった船室に椅子が並び、塚崎たちは窓ぎわの席をえらんで坐った。客は二十人ほどであった。

船が桟橋をはなれ、隅田川を上流にむかって進みはじめた。左手に東京タワーや霞ケ関のビルがみえ、その近くの空を飛行船が動いている。船内アナウンスで、勝鬨橋《かちどきばし》が近づいたことが告げられると、船室内に坐っていた客たちが立って甲板に出てゆき、友人の中にはそれにつづく者もいた。

塚崎の横に坐っている千原は、窓ガラス越しに後方に動いてゆく川岸の倉庫群などに眼をむけている。耳の下に剃《そ》り残した長い白髪が一本光っているが、妻がいたらそれを注意して剃り落すように言うのではないだろうか、と塚崎は、その白髪が気になった。

千原は、自分の生活の周囲に厚い壁をもうけて、友人たちはもとより塚崎にも、その内部をかい間見せようとしていないように思える。妻のととのえた食事をとり、共に街を歩き、テレビを観て、妻と同じ部屋で就寝するという生活を、かれもつづけているように感じさせているが、果してそうか。かれの生活は、濃い霧の中に埋没しているようにうかがい知ることができない。

少くとも十数年前までは、千原の私生活は塚崎にはっきりと見え、それは生々しい色彩をおびたものですらあった。

塚崎が結婚したのは、大学を卒業してから三年目であったが、千原の妻帯はその直後で、一年ほどたってかれが妻をともなって塚崎の家を訪れてきた。塚崎の妻も加わって、茶を飲みながら話し合ったが、千原夫妻が帰った後、塚崎は、思わず妻と顔を見合わせていた。千原の妻が予想していたものとは全く異なっていて、千原には余りにも不似合いに思えたのである。

千原は口数が少く、顔も童顔の部類にぞくし、母が旧華族の出だというだけにおっとりした性格だった。女は、千原とは対照的で、かれより背が高く、和服を着ていたが、襟もとが崩れていて髪は乾き、皺の浮き出た荒い肌の顔は、千原よりもかなり年長にみえた。女は饒舌《じょうぜつ》で、口紅のついた歯をみせながらしわがれた声でしゃべりつづけ、時々声を立てて笑い、塚崎は白けた気分にさえなった。

「紅茶に角砂糖を四個も入れて、スプーンでかきまわしたでしょう。カップのふちにスプーンがあたって、割れるのではないか、と思ったわ」

塚崎の妻は、紅茶のセットを片づけながら呆れたような眼をして言った。

千原がそのような女と結婚したのが不思議に思えたが、塚崎の妻は、さらに女のかたわらに坐る千原の態度が理解しがたいものだった、と言った。千原は、話しつづける妻の顔に時折り視線をむけていたが、その眼には女に対して卑下したような光がうかび出ていたという。

塚崎は、妻が冷静な眼で観察していたことに空恐しさに似たものをおぼえたが、同じ印象をいだいていて、

「人は好きずきだというが、度がすぎている」

と、妻に言った。

それから四、五年して、千原から電話で呼び出しをうけ、会社の近くの喫茶店で千原がもらした言葉に、塚崎は、茫然として千原の顔を見つめた。

千原の妻は、かれが会社に行っている間に家財その他を運び出して去り、人を介して千原に離婚の折衝をしているという。

「別れる気はない。君から帰ってくれるよう説得してもらえないか」

かれの眼には、うっすら光るものがうかんでいた。

彼女の住むアパートの住所と電話番号を記した紙片を受取った塚崎は、千原に女と結婚するまでのいきさつについてたずねた。女は、かれが勤めている会社の近くにある飲食店の娘で、女の誘いをうけて食事を共にしたり映画を観に行ったりしていた。そのうちに、休日の夜、女は、かれが一人暮しをしているマンションに来て泊り、その後、しばしば訪れてくるようになった。生真面目なかれは、肉体関係も生じている女に責任を感じ、母の強い反対があったが、女の籍を入れて同居するようになったという。

「彼女が別れたいという理由は、なんなのだい」

塚崎がきくと、千原は、

「甥だという男が、離婚の手続きをしに何度か来たので、きいてみたのだが、ただ別れると言っているだけだ、と言うのだ」

と、弱々しい眼をして答えた。

頼まれた責任があるので、塚崎は、アパートに電話をかけてみた。すぐに女のしわ

がれた声がきこえ、かれが用件を口にすると、女は、

「あの人が食事をするのを見るのもいや。咳をしたりすると虫酸《むしず》が走る。なにもかもいやなんです。他人が口出しすることではないでしょう。決してもどったりなどしませんよ。そのことをよくあの人につたえて下さい」

と言うと、受話器を荒々しく置く音がした。

塚崎は、女に男ができたのではないか、とひそかに推測していたが、その口調に千原に対する嫌悪のみが理由なのかも知れぬ、と思った。

女の言葉をつたえると、千原は、予想していたらしく黙ってうなずいていた。

その後、なにがしかの金を女に払って離婚した、と、千原は塚崎に言った。それから長い間、千原は一人で暮していた。

塚崎は、千原と中学校の同期会で会った折に、

「再婚する気はないのかね」

と、たずねたことがあるが、千原は、

「いずれ、そのうちに……。しかし、一人暮しも気ままでいいものだよ。食事も、外食したり、食べたいものをつくって食べたり。風呂に入っている時には、鼻唄も出る

よ。ただし、冬の夜、帰宅した時、部屋の中が冷えきっているのは辛いね。煖房をつけてもなかなか暖まらないし、コートを着たまま椅子に坐っている」

と、塚崎の顔に眼をむけることもなく言った。

千原から再婚したという電話があったのは、かれが五十歳の年の春だったから十四年前である。相手は二十八歳だという。

「どういうきっかけで知り合ったんだね」

塚崎がきくと、千原は、

「見合いだよ。親戚の者の紹介でね」

と、答えた。

それから半月ほどして、塚崎は、千原に日本橋の小料理屋の二階に招かれ、女を紹介された。小太りの女は、指環のはめられた指を畳について丁寧に挨拶した。目鼻立ちがととのっていて、このような若い女を妻に迎えた千原に、塚崎は羨望を感じた。

千原は、別人のように明るい眼をし、はずんだ声で話す。内輪だけの披露宴をし、北陸生れの女の実家に挨拶におもむいた帰りに、近くの温泉で二泊したという。

話をしている間、千原は女の杯に酒を注ぎ、女も千原に酒をつぐ。農家の出だという女は、会社の管理職につく千原のもとに嫁いだことを分不相応と思っているらしく、千原に甲斐甲斐しく仕えているようにみえる。千原の顔には自信めいた表情がうかび、急に若くなったような印象をうけた。

帰宅して塚崎が女のことを、千原には過ぎた女だと繰返し言うと、妻は、

「あなたも若い人をもらい直したらどうです」

と、拗《す》ねたような眼をして言った。

「なにをばかなことを言う。別れた女がひどかったから、千原がまともな女を妻にすることができて、よかったと言っているのだ」

塚崎は、うろたえ気味に言った。

千原が肉づきのよい女の裸身をいだく姿を思いえがき、妻から視線をそらせた。

それから一カ月ほどして開かれた同期会で、塚崎は、千原が二十歳以上若い女を妻としたことを友人に告げた。その話はすぐに会場にひろがり、千原は、友人たちに取りかこまれた。うらやましいかぎりだ、若い上に飛び切りの美人だそうじゃないか、などという言葉がにぎやかに飛び交い、千原の肩をたたく者もいる。

千原は、「いや、いや」とか、「成行きでね」とか、意味のない言葉を口にし、面映

ゆそうに眼に笑いの色をうかべていた。

船は永代橋をすぎ、清洲橋をくぐった。

水位が高い折にも橋をくぐれるように、船の上部が低くなる装置がそなえられている、とアナウンスの説明があった。

千原は、無言で窓の外をながめている。

「川の水も、大分きれいになっているようだね」

千原が、塚崎に顔をむけてきた。

「色々な規制がもうけられているというからな。一時はひどい臭いがしていた」

塚崎は、通りすぎる団平船《だんぺいぶね》の舳に割れる水に眼をむけながら言った。戦争末期に、千原たちと隅田川の岸にある軍需工場で勤労学徒として働いていた頃のことが思い起された。川は黒ずんでいて、橋の下などに夜間空襲で炎に追われて川で死んだ遺体がうかんでいたが、それらも汚れた水に黒く変色していた。

「戦争が終った後、隅田川の水がひどく澄んだことをおぼえているかね」

塚崎が言うと、川面に視線をもどした千原は、

「話にきいたことはあるが、見たことはなかった」

と、答えた。

「工場がほとんど空襲で破壊されて、工場排水が流れ込まなくなったからなのさ。水が青くなってね。ボラやその他の魚がよく釣れていた」

塚崎の言葉に、千原は、

「そうかね。ボラがね」

と、言った。

駒形橋をくぐると、船は徐々に速度をゆるめた。吾妻橋が近づき、それをくぐった船は左岸に身を寄せ、停止した。

船室を出た塚崎は、千原と船をおり、白井たちに近寄った。

「七名、全員いるな。それでは、まず観音様にお参りする」

白井が歩き出し、塚崎たちはその後にしたがって横断歩道を渡った。

雷門をくぐって、仲見世の参詣道に入った。

「三社祭りにくることも考えたが、雑沓《ざっとう》するからね。それが終った後の方が落着いていいと思って、今日にしたんだ」

白井が、塚崎たちに説明口調で言った。

日曜日なのに人の姿は少く、店の者が店頭に出て歩く人をながめている。友人たちは、両側の店をのぞき込みながらゆっくり歩いていった。人形焼きを売っている店の前で一人が足をとめると、他の者もそれにならい、人形焼きを買ったが、千原だけは路上に立っていた。

浅草寺の社殿の階段をのぼり、賽銭《さいせん》を投げて参拝し、白井の後について露店の並ぶ道を歩いた。浅草にはほとんど来たことがない者が多く、木馬館の前に並んで写真をとった。六区の映画街は人の姿もまばらで、白井の説明をききながら歩き、商店の並ぶ道に入った。手焼き煎餅の店の前で職人が焼くのをながめ、店に入って煎餅を買う友人もいた。

白井は、なれた足取りで道を縫うように歩き、軒灯に灯の入った小料理屋の暖簾をくぐった。なじみの店らしく、店の女が白井と言葉を交しながら二階の座敷に案内した。

テーブルをかこんで坐った友人たちが、おしぼりを使ったりしながら、船からみた隅田川の情景や映画街の変貌を話し合い、いい小旅行だった、と口々に言った。

酒と料理が運ばれてきて、白井の発声で乾杯した。いつものように、遠慮のない者同士なのでにぎやかな酒になった。勤労動員された頃の話や、旧友の消息を口にする者もいる。愛人にマンションの部屋を買いあたえ、その女との間に子供まである会社経営をしている友人が、話の中心になった。家庭に波風が立ったが、今では表面的におさまっているという。

「よくそんな元気があるな。おれなんか女房だけでも持てあまし、御無沙汰がちだよ」

友人の一人が、言った。

「そう言えば、千原のところは二十も若い女房だったな。奥さん、元気かい」

白井が思いついたように言い、友人たちの視線が千原に集った。塚崎はぎくりとし、横に坐っている千原の顔をうかがった。

「なんとかね」

千原が、答えた。

「うらやましくはあるが、体がもたんだろう。それなりに夜のお勤めはしているのかい」

白井がたずねると、千原は、

「まあね」

と、言った。

「まあねは、いい」

白井の声に、笑い声が起った。

塚崎もかすかに笑ったが、釈然としないものが胸に湧くのをおぼえた。千原の横顔には、少しも動揺の色がみられない。千原が常に電話口に出るのは、偶然のことか、それともかれの妻は受話器をとることをしない定めになっているのか。彼女は電話嫌いで、千原が必ず受話器をとるようにしているのかも知れない。

塚崎は、銚子を手にする千原の細い指を視線の隅で意識しながら、小鉢に箸をのばした。


五日後の夜、白井から電話がかかってきた。

妻から受話器を受取った塚崎は、

「楽しかったよ、また、なにか企画があったら誘ってくれよ」

と、言った。

白井は、それには返事をせず、

「千原が死んだよ。今、甥という人から連絡があった」

と、言った。

千原は、昨夜、甥の家に来て酒を飲んでいる時、杯を落し、そのままテーブルに額を打ちつけ、救急車で病院に運ばれたが、今日の正午少し前に死んだという。

「千原のマンションの机の上に、水上バスで浅草へ……というおれの案内状が置いてあったので、電話をかけて来たのだそうだ。本来なら一番親しい君の所へまず連絡がゆくはずなのだが……」

白井は、かれらしい心づかいをしめして言った。

「そうか、死んだか」

塚崎は、自分でも不思議なほど驚きは余り感じなかった。

学生時代から千原はひ弱で、生命力が乏しいようにみえたが、数年前からそれがさらに強く感じられるようになって、千原がかたわらにいてもその存在感は稀薄であった。生と死の境い目に身を置いているような感じすらし、死は自然の成行きに思えた。

「浅草に行った時、倒れられなくてよかったよ。そんなことにでもなったら、家族に恨まれたからな」

白井はそう言ってから、明日の夜が通夜、明後日の午後一時から葬儀で、それぞれマンションの近くの葬場で営まれる、と言った。

塚崎は、勤めがあるので通夜に行く、と答えた。

受話器を置くと、妻が、

「どなたか、お亡くなりになったのね」

と、声をかけてきた。

「千原だよ、中学校時代の友人の……」

塚崎は、テレビの前のソファーに腰をおろした。

「若い奥さんをもらった方ね。奥さんは若くて未亡人になって、お気の毒ね」

妻は、そう言いながらも、なんの感情もおぼえぬらしく頭髪をカーラーに巻きつけていた。

翌日、会社の帰りに地下鉄に乗り、白井に教えられた駅でおりた。改札口を出たかれは、千原家と書かれた提灯を手にした若い男に近寄り、指示にしたがってガードと平行している道を進んだ。

電光のあふれた商店街に葬場があるとは思えなかったが、前方に花輪が立てかけられているのが見え、かれはそこに近づいた。葬儀店に隣接した建物が葬場になっていて、内部に二十席ほどの椅子が置かれていた。

かれは、入口の受付で会葬者名簿に署名し、香奠《こうでん》を置いて最後列の椅子に腰をおろした。前の方の椅子に、白井と二人の友人が坐っているのがみえた。祭壇に飾られた千原の写真は、十年ほど前にとったものらしく、珍しく笑みをたたえている。

僧の読経がつづく中で焼香がはじまり、親族の者たちが立って、祭壇の前でつぎつぎに合掌する。塚崎は、淡い記憶をたどって四十代と思われる女たちの顔を見つめたが、どれが千原の妻かわからなかった。

一般の焼香に移り、かれも祭壇の前に進んで焼香し、親族の席に頭をさげて自分の席にもどった。読経が終り、千原の叔父だという痩身の男が立って挨拶した。男は、突然ではあったが静かな死であった、と言った。

葬儀社の者らしい男が、浄《きよ》めの席を用意してある、と言ったが、立って近づいてきた白井が、

「失礼しよう」

と、低い声で言い、塚崎もかれと友人の後について葬場を出た。

歩道を歩いてゆく白井が振返ると、

「お浄めを軽くやらないか」

と、声をかけてきた。

塚崎がうなずくと、白井は、葬場に行く時に眼をつけていたらしく、小ぎれいなそば屋の前で足をとめ、ガラスのはまった格子戸をあけた。客は少く、小揚りの座敷にあがってテーブルをかこんだ。店の女に、天プラ、板わさをビールとともに註文した。

「淋しい通夜だったね」

友人の一人が言ったが、塚崎たちは黙っていた。

ビールをひと口飲んだ白井が、

「千原は、女房と別れているんだね」

と言って、塚崎を見つめた。

塚崎は、白井の顔に視線を据え、

「なぜ、わかる」

と、たずねた。

「おれは、少し早目に行ってね。電話で連絡してくれた甥に礼を言ったのだが、奥様に御挨拶したいと言ったら、甥がきょとんとした顔をしてね。千原は、十数年前に再婚したが、すぐに別れて、ずっと一人暮しだったと言うんだ」

白井は、コップにビールを注いだ。

友人の一人が、

「浅草で飲んだ時には、女房がいるようなことを言っていたがね」

と言って、首をかしげた。

「再婚してすぐにか……」

塚崎は、息をつくように言った。

白井も友人たちも、口をつぐんでいる。

受話器からきこえてくる千原の背後に人の気配を感じなかったが、それは事実であったのだ、と思った。最初に結婚した女と同じように再婚した女もかれのもとをはなれていったのだろうが、それは彼女たちが同居するのに堪えられぬ要素を千原が本質的にもっていたためなのか。恐らく千原は、再婚した女にもどってくれるよう執拗に頼んだにちがいない。千原は、女に再び去られたことを第三者に知られるのが恥しく、あたかも妻がいるようによそおっていたのだろう。

長い間演技をつづけていた千原が、哀れに思えた。塚崎は、眼に少し涙がにじみ出るのを意識しながらコップを傾けた。

牛乳瓶

軒をつらねた家々のなかに町工場もある町の空には、虹がよくみられた。夕立があがった後など、雨水の結晶のように虹がかかる。菫、藍、青から緑、黄、橙と移って朱の色に及ぶ。雨に濡れた町が、その色の下で一刻の爽やかな静けさを保つ。

牛乳店の前で少年団の吹奏する行進曲の楽の音が起ったのは、虹が空を彩《いろど》りはじめた頃であった。

牛乳店の店主の高瀬のもとに召集令状が来たことは、十日ほど前から近所の人の話題になっていた。高瀬は体格がよく、鼻筋の通った色白の男であった。

辰夫は、母をはじめ周囲の人たちが、ひそかに高瀬とその妻にうかがうような眼をむけているのを感じていた。

高瀬が自転車屋の隣りにある二階建の家を借りて牛乳販売店をひらいたのは、去年の夏であった。かれは、白い鍔つきの帽子をかぶり青い箱車をひいて牛乳瓶を配達してまわり、和服にエプロンをつけた妻は、店のたたきの奥にある小さな机の前に坐って店にくる客に牛乳を売っていた。彼女は長身で痩せていて、顔は青白く、弱々しそうであった。髪も瞳も茶色で、町に時折り羅紗《らしゃ》の布を売りにくる白系ロシアの女に似た顔つきをしていた。

やがて女児がうまれ、彼女が机の前の椅子に坐って嬰児に乳をふくませたり、背負って客に応対しているのを眼にするようになった。高瀬に召集令状がきたことを知った近所の者たちは、夫を戦場に送り出した彼女が、乳呑み子をかかえてどのように暮してゆくのか気づかっているのだ。

母が隣家の主婦などとそのような話をしているのを耳にしていた辰夫は、小学校への往き帰りに高瀬の店の内部に視線を走らせた。餞別《せんべつ》を手に挨拶に来ているらしい男や女に高瀬の妻が応対しているのを見たこともあったし、彼女が嬰児を抱いて椅子に坐り、うつろな眼を道路の方にむけているのを見たこともある。高瀬夫婦は、おそらく夜には深刻な顔をして今後のことを話し合っているのだろうが、昼間はいつもと少しも変らぬようにみえた。高瀬は相変らず車をひいて歩き、妻は店の奥に坐っていた。

中国大陸で日中両国軍の間で軍事衝突が起り、それが本格的な戦争になったことが新聞に連日掲載されるようになっていた。高瀬に召集令状が来たのは、一兵士としてその戦争に参加するためにちがいなかった。

高瀬が出征する日、小学校からもどった辰夫は、近くの少年、少女とともにかれの店の前へ行った。祝出征と朱の色で書かれた幟《のぼり》が二つ立ち、在郷軍人会、青年団、婦人会の人たちが集ってきていて、せまい道路はそれらの人たちによって埋められていた。

店から出てきた高瀬が、路上に置かれた木箱の上に立った。七・三に分けられていた髪は坊主刈りになっていて、頭が新茶の色のように青々とし、紺の背広の肩から腋に帯状にされた日の丸をかけていた。材木商を営む在郷軍人会の会長が、壮途を祝う挨拶をし、高瀬が型通りの感謝の言葉を述べた。辰夫は初めて高瀬の声を耳にしたが、それは甲高い、少し地方訛《なまり》のある声であった。

辰夫は、高瀬のかたわらに立つ妻に視線をむけた。紫色の着物を身につけた彼女は、嬰児をだれかにあずけたらしく、少し顔を伏せぎみにして立っている。顔は無表情であった。

少し前から空が暗くなっていたが、青年団長の発声で万歳を三唱した直後、にわかに大粒の雨が音を立てて落ちてきた。集っている人々の間に混乱が起り、かれらはあわただしく道の両側の家の軒下に身を寄せたり、近くの店の土間に入りこんだりした。辰夫は、煙草屋の角を曲って家に走った。母も婦人会員として行っていたが、知り合いの家か店に雨を避けたらしくもどってはこなかった。

家が激しい雨音につつまれ、庭の樹木の枝が身をふるわせるように風に揺れた。雷鳴がとどろき、稲光が何度も鋭くひらめいた。軒下の樋の先端からは、雨水が樋をゆらせながら噴き出ていた。

しばらくして雨脚が細くなり、雲が切れたらしく眩《まば》ゆい陽光が濡れた樹葉を光らせた。相変らず樋口から雨水が流れ出ていたが、やがて雨はやんだ。

辰夫は、家を出ると所々水溜りの光る道を小走りに歩いた。家々からも人が出てきて、煙草屋の角を曲ってゆく。牛乳店の前には、各団体の人の列が出来ていた。少年団員の後ろに高瀬が立ち、つづいて在郷軍人会、青年団、婦人会の人たちや一般の人が雑然と並んでいた。

少年団員の奏する行進曲の音色が起り、列が動き出した。辰夫はその旋律に気持が浮き立つのをおぼえながら高瀬の近くを歩いていった。列が、改正道路と称される広い舗装路に出て、濡れた道を駅の方へむかってゆく。その時、駅方向の空に鮮やかな虹が出ているのを辰夫は見た。

道の両側に並ぶ家の戸口に人が出ていて、高瀬は、それらの人たちに軽く頭をさげて歩いてゆく。幟と旗に彩られた列は、吹奏される曲の音色とともに虹にむかって動いていった。

高瀬は、開店後、かなり努力して仕事をしているらしかったが、顧客を得るのは困難なようであった。

町には、大正時代の初めから牛乳を精製し販売する白牧舎という牧場があった。白いペンキの塗られた二階建の瀟洒《しようしや》な西洋館が道に面して横に長く建っていて、ガラス窓を通して、内部に琺瑯《ほうろう》びきの大きな桶のようなものがいくつも並び、白い衣服とコック帽に似たものをかぶった男たちが働いているのが見えた。建物の裏には厩舎と白い柵でかこまれた牧場があって、ホルスタインの牛がゆったりと歩いたり、腹を地面につけて坐ったりしていた。

夜が明けはじめる頃になると、その建物から白牧舎と書かれた白い箱車がつづいて出てきて、町の中に散ってゆく。車の内部には陶器の口金のついた細い牛乳瓶が詰めこまれていた。

辰夫は、早朝、ふとんの中で箱車の車輪の音と牛乳瓶の互いにふれ合うにぎやかな音を耳にした。家の戸口の脇に白牧舎と記された小さな箱がとりつけられていて、そこに牛乳瓶を入れる気配もする。それらの音が町の朝を象徴する音でもあった。大きな工場を持つ牛乳会社の牛乳も市販されてはいたが、町では牛乳と言えば白牧舎の牛乳をさした。駅の近くにある白牧舎の西洋館は、町の誇りに似た存在でもあった。

開店した高瀬の店では、新聞にしばしば広告が出ている牛乳会社の牛乳を扱っていた。軒の上に取りつけられた看板には、青地にその会社のマークと高瀬牛乳販売店という文字が白く書かれていた。白牧舎の箱車が白であるのと対照的に、車は青であった。

高瀬は、早朝、箱車をひいて店を出てゆくが、どこに牛乳瓶を配達するのか辰夫は知らなかった。辰夫の家をはじめ近所の家の牛乳箱は白く、白い箱車はその箱の前でとまることを繰返しながら町の家並の間を縫って動いてゆく。

そのうちに、町の中で、時折り牛乳会社の青い箱が家の軒下にとりつけられているのを見かけるようになった。その箱に高瀬の努力をみる思いがしたが、数はきわめて少かった。

　高瀬が町の人たちに見送られて出征した日から、近隣の人たちはひそかにかれの妻の動きをうかがっていた。働き手である高瀬を失った店の機能は完全に停止し、乳呑み子をかかえた彼女が店売りをしても売上げはたかが知れていて、生活を維持できるはずはない。彼女は店をたたんで故郷の北国に帰るのだろう、と、人々はささやき合っていた。

　秋の気配がきざし、空が青く澄む日がつづいた。

　日が西にわずかに傾きはじめた頃になると、ヤンマの蜻蛉の群れが、町の空を北から南に過ぎてゆく。どのような目的で飛んでゆくのか、辰夫は知らなかったが、例年、その季節に必ずみられる現象で、かれは、町の少年たちにまじって黐《とりもち》を先端部分に塗りつけた細い竹を激しくしなわせて採ることに熱中した。蜻蛉の数はおびただしく、後から後からやってくる。繁殖に関連した動きらしく、雌の尾部に雄の頭部が連結した交尾中のものが多くみられ、ひたすら南へと飛びつづけていた。

　蜻蛉の流れが消えた頃、高瀬牛乳店に六十年輩の女の姿がみられるようになった。

高瀬の伯母が郷里から上京してきたのだという話が、近所の者の間につたわった。店じまいをするにしても高瀬の妻だけでは心もとなく伯母を呼んだのか、とも思われたが、数日後の朝、その理由があきらかになった。近所の者たちは、高瀬の妻がシャツにズボン姿で運動靴をはき、白い帽子をかぶって青い箱車をひいて店を出るのを眼にした。

それは、人々に衝撃に近い驚きをあたえた。シャツを着た彼女は、和服を身につけていた時よりも痩せて背が高くみえ、弱々しそうであったのに体力はあるらしく、重そうな様子もみせず車をひいてゆく。茶色い瞳の眼には、なにか思いつめたような光がうかんでいた。

毎朝、その姿を眼にする近隣の人たちの間に、共通した感情がきざした。高瀬の店の戸口には、出征兵士の家と書かれた木札がかかげられ、その家族を支えるのは銃後を守る者たちの務めで、健気にも車をひく彼女の店の売上げが増すよう協力したいという意識がうまれたのだ。

しかし、町の者には、白い牛乳箱を青い箱に替える積極的な気持はなかった。今まで春夏秋冬、夜が明けて間もなく箱車の中でふれ合う牛乳瓶の音になじみ、細身の瓶の中に入っている牛乳の味に親しんできたかれらは、軒下の白い箱を建物の一部のようにも考え、それを取りはずす気にはなれなかったのである。

青い箱車をひく彼女の姿に近寄りがたいものを感じていた人々は、一つの妥協策を見出した。青い箱をとりつける代りに、店に行って牛乳を買うようになり、辰夫も母に命じられて週に二、三回店に行った。店番をしている高瀬の伯母に金を差出すと、伯母は、土間に据えられた大きな冷蔵庫の扉をひらいて牛乳瓶を取り出し、渡してくれる。瓶は白牧舎のものとちがって太く、しかも厚紙でつくった蓋がついていて、目打ちで突き刺してあける。白牧舎の牛乳よりは薄目であるように感じられた。

母も物足りなく思っていたにちがいないが、それについてはなにも言わず、辰夫に牛乳を買ってくるように言いつける。店にくる者が増して、女客が二、三人世間話をしていることもあった。

店に活気が生じ、近隣の者たちはようやく落着きをとりもどしたようだった。箱車をひく高瀬の妻の表情もやわらぎ、道ですれちがう人に頭をさげたりしていた。

町では、入営や出征する若い男たちが、幟や旗を持つ人たちとともに駅へむかう情景が多くみられるようになった。新聞には、中国大陸の戦場が徐々に拡大していることが報じられ、小学校でも戦場の兵士たちの武運長久を祈願するため、月に一回、町の高台にある神社に教師に引率されて参拝するのが常になった。しかし、物心ついてから××事変と称する小戦争が継目なく起って戦争を日常的なものと感じていた辰夫は、中国大陸の戦争もその一つにすぎず、海をへだてた遠い地の出来事のようにしか考えていなかった。町の人々の生活も、戦争の影響はほとんどみられず、毎年繰返されてきた一定のリズムにしたがって営まれていた。

気温が低下し、露出した水道管に水が凍らぬよう藁が巻かれ、町は時折り雪の白さにおおわれた。

その年も暮れ、正月には羽根つきの音がきこえ、掃き清められた道を銭湯の朝湯から上気した顔で帰る男や、羽織、袴姿で年始廻りをする男の姿がみられた。町の鎮守《ちんじゅ》である神社の境内には、初詣での人相手の露天商が店をつらねた。お年玉を手にした辰夫は、友達と神社に行って店をのぞいて廻ったが、幼女を抱いて境内を歩いてゆく正装した高瀬の妻を眼にした。彼女は、石段をのぼって社殿の前に立つと賽銭を投げ、鈴をふって長い間頭を垂れていた。戦場にいる夫の無事を祈っていることはあきらかだった。

松の内がすぎると、町には平常通りの生活がもどった。荷を積んだ大八車、牛車、馬車が通り、時には改正道路をトラックが走りすぎた。

気温がゆるみ、町の高台が桜の花で白く霞んだ。高台につづく上野の山では、葭簀《よしず》ばりの茶店で甘酒や味噌おでんが花見客に売られていた。

梅雨が明けた頃、夕方になると例年のように家並の上におびただしい蝙蝠が飛び交った。五、六十メートル進むと反転し、早い速度で頭上をかすめ過ぎ、また反転する。町のどこにそのような数の蝙蝠が棲みついているのか、不思議であった。夕方になると姿を現わしてあわただしく飛び交うのは、夜行性のその小動物の予備運動かも知れなかった。蝙蝠は、雨の日をのぞいて夕方になると必ず姿を現わした。夕焼けの空を背景に、細かく千切った無数の黒い布が激しく乱れ飛んでいるようにみえた。

金魚売りが悠長な呼び声を流して家並の間を歩き、町の所々に夜店が出る。氷をリヤカーにのせた男が、大きな鋸で氷を挽《ひ》いて冷蔵庫のある家に配達してまわる。高瀬の店の軒下にも縁台が出され、手拭いで汗に濡れた首筋を拭ったりしながら、冷蔵庫から取り出した瓶を傾けて牛乳を飲んでいる男の姿もみられた。

夏の終りには神社の祭礼がおこなわれた。町内に葭簀ばりの神酒《みき》所がもうけられ、神輿《みこし》が掛声とともに道を縫って進み、大太鼓をのせた山車《だし》を子供たちが紅白の綱をひいて改正道路をゆっくりと進む。家々の軒には、御神燈と書かれた提灯が吊るされていた。

夏休みが終って間もなく、高瀬の店を中心にした家々に不意に重苦しい静寂がひろがった。レコードをかける者はなく、ラジオもニュースにかぎられ、それも極度に音量を低くしていた。路上で声をあげて遊ぶ子供たちは、大人にきびしくたしなめられた。高瀬の妻のもとに、夫が戦死した公報が送られてきたのだ。

四季の移り変りとともに営まれていた町の生活に、突然、戦争という現実が首を出したような驚きを人々にあたえた。遠い世界での出来事と思っていた辰夫は、一年前に幟や旗とともに駅への道を歩いていった高瀬が死者となったことに、恐怖に似たものを感じた。

町では、中国大陸で戦争がはじまって以来の初めての戦死者であったので、町の主だった者をはじめ近所の人たちが高瀬の店に悔みにおもむいた。店の土間つづきの小部屋に白い布をかけられた台がもうけられて、その上に高瀬の遺影が置かれ、燈明がともされていた。かたわらに和服を着た高瀬の妻が背筋をのばして坐り、弔問客に頭をさげていた。

遺骨が町の駅にもどってきたのは、一カ月ほど過ぎた頃であった。

辰夫は、クラスの者とともに教師に引率されて駅前に行き、整列した。在郷軍人会、青年団、婦人会の者たちがそれぞれ黒い布を垂らした団体旗を手に並び、フロックコートに山高帽を手にした者や喪服をつけた多数の男や女が身を寄せ合うようにして立っていた。

やがて、遺影と遺骨をそれぞれ胸にした逞しい体つきの二人の下士官が、駅の構内から姿を現わし、その後ろに喪服姿の高瀬の妻が従っていた。

駅の軒庇の下で、彼女は下士官たちの間に入って立った。

「謹んで英霊に敬礼」

という青年団長の叫びに似た声に、辰夫は級友とともに深く頭をさげた。

顔をあげたかれは、高瀬の妻を見つめた。痩身の彼女は、亡霊のようにみえた。遠くて表情はわからなかったが、顔は動かなかった。

少年団員の哀しげな曲の吹奏のもとに、長い列が駅の前をはなれ、改正道路を進んでゆく。辰夫は、列の後方を歩いていった。

翌日の午後、葬儀が営まれ、花輪が道の両側から改正道路の角まで並んだ。夜になっても店には煌々《こうこう》と電燈がともり、人の出入りが絶え間なかった。

次の日、高瀬の妻は、納骨のため故郷にむかい、店の戸は閉められていた。

十日ほどした頃、高瀬の妻が若い男を伴って店にもどってきた。故郷でどのような話し合いがあったのか、伯母は故郷にとどまり、その代りに高瀬の甥が店の手伝として上京してきたのだ。

甥の片腕は、なにかの事故によるらしく、肘から先が失われていて、当然、かれは徴兵の対象からはずされ、今後、長い間高瀬の妻の力になれるはずであった。

甥は、梶棒に布製のベルトをむすびつけてそれを肩にかけ、箱車をひいて歩くようになった。高瀬の妻は、幼女の世話をしながら店番をしていたが、車をひいていた頃の面影はなく、眼が絶えずうるんでいるようにみえ、時折り、放心したように道路の方をながめていた。

密集するように人が住んでいる町では、たとえ男が女より年少でも、血のつながりのない男女が同居すれば、当然、異性としての関係が生じると考えるのが常であった。新たにはじまった高瀬の家の生活も、近隣の人たちの眼には、危ういものに映った。

店の奥の小部屋で甥が彼女と幼女とともに食卓をかこんでいたが、それは子をまじえた夫婦が食事をとっている情景にみえた。彼女が、二階の裏に張り出した物干台で、男物の下着を干し竿に通している姿もみられた。

周囲の人たちは、探るような眼をむけていたが、日がたつにつれてその眼の光もうすらいでいった。基本的に、彼女は戦死者の妻であり、そのような臆測をすることは不謹慎きわまりないという意識が人々にはあった。戦死の公報があって以来、彼女は、一人でいる時は身もだえして狂ったように泣くことを繰返してきたにちがいないが、名誉ある戦死者の妻として人前では眼をうるませることはあっても涙を見せずにすごしてきた。が、やつれきった顔と放心した眼に、彼女が深い悲しみにひたっていることが十分に察せられ、そのような彼女に甥との関係を疑うような眼で見ることは礼を失するものであった。

それに、甥の人柄が、そのような臆測を根のないものに感じさせた。いかにも地方で生れ育ったような素朴な青年で、口はほとんどきかないが、店に入ってきた客や近所の人には丁寧に頭をさげる。高瀬には粋にみえた白い帽子も、色が浅黒くいかつい顔をしたかれには、滑稽に思えるほど不似合いだった。かれは階下の小部屋にふとんを敷き、彼女と幼女は二階で寝ていることも、人々は知った。

翌年の四月、辰夫は、町の高台にある私立の中学校に入学し、布製のさげ鞄を肩にかけて通学するようになった。

中国大陸では戦場がさらに拡大し、ソ満国境のノモンハンで日ソ両国軍の軍事衝突が起ったりしていたが、町の人々の生活はほとんど変りなくつづけられていた。早朝には箱車のひかれる音と牛乳瓶がふれ合う音がし、それにつづいて納豆や蜆《しじみ》を売る男の声がきこえた。

変化といえば、入営、出征する町の男が増し、辰夫は学校からの下校途中にそれらの男を送る行列にしばしば出遭った。通学路のかたわらにある神社で、出征する男が神主のお祓《はら》いをうけているのを眼にすることもあった。

梅雨が明けると、その年も夕方には蝙蝠が飛び交い、夏の終りにはヤンマが町の空を群れをなして過ぎていった。

その年の十一月には紀元二千六百年を祝賀する提灯行列が、町の夜を彩った。辰夫は、改正道路の車道に立って、提灯を手にした小学生が歩いてゆくのを見物した。提灯が、万歳の声とともに上方に盛り上り、それが波頭のように列の後ろの方に移動していった。

正月には戦時下の自粛で門松が禁じられたが、娘や少女は晴着を着て羽根をつき、空には凧が舞っていた。春になると米が一人一日二合三勺の配給制になったが、それは名目だけのことで、今までどおり辰夫の家の米櫃には白い米が満ちていた。

その年の十二月初旬、辰夫は、両側の家々のラジオから軍艦マーチとともに米英蘭三国と戦争状態に入ったというニュースを耳にしながら、学校への道を歩いた。どの家にも国旗が立てられ、町全体が沸き立っているように感じられた。

新聞やラジオは、連日のように勝利につぐ勝利をつたえ、それは年が明けても変りはなく、町の人の表情は明るかった。

四月中旬、緑色の迷彩をほどこした垂直尾翼の双発機が、超低空で町の家並の上を過ぎた。辰夫もその奇妙な形をした機を眼にしたが、やがてニュースでそれが日本を初空襲した米軍機であることを知った。機銃座も突き出ていたその飛行機に、辰夫は戦争が現実におこなわれているのを感じはしたが、それは依然として海を遠くへだてた地でくりひろげられているものとしてしか思えなかった。

町の人々の高瀬の妻に対する関心は、徐々にうすらいでいた。それは、戦死者の遺骨が帰ってくる家が徐々に増し、ことさら珍しいことではなくなったからであった。甥は、相変らず箱車をひき、高瀬の妻は店で牛乳瓶を客に売っていた。

夏の陽光が強くなった頃、早朝に耳にしていた牛乳瓶のふれ合う音が、不意に絶えた。牛乳の生産統制がおこなわれて一般への販売が禁止され、白牧舎で瓶詰めされる牛乳は、傷病兵を収容する軍の病院に納められることになったという話が流れた。それと同時に、高瀬の店でも甥が車をひいて歩くことはなくなり、冷蔵庫にも牛乳瓶は消えた。

その頃から、町の人々の生活に急速な変化が起りはじめた。売る数量のかぎられた食料品を入手しようとして、店の前に行列ができ、やがてそれも絶えて、店がつぎつぎに閉じられていった。また、燈火管制が実施されて、電光が路上に流れることはなくなり、町の夜道は闇になった。

学校では、教練の時間が多くなったが、英語をはじめとした授業は変りなくつづけられ、辰夫は、クラスの者たちと同様に上級学校へ進学するための勉学を夜おそくまでしていた。

年が明けると、南方の島々で守備隊の撤退を意味する転進が報道され、全滅と同義語の玉砕という活字が新聞にみられる度数が増した。町の者たちの関心の一つは、上野公園につづく台地の桜の開花であったが、戦局の悪化とそれにともなう食糧をはじめとした生活必需品の不足によって、桜を観に行く者はもとより話題にする者も皆無になった。

店を閉じた商店の主人たちは、軍需工場に勤めはじめ、高瀬の甥も作業服に戦闘帽をかぶって働きに出ていた。国民学校に通いはじめていた女児が遊んでいるのは見たが、高瀬の妻の姿を眼にすることはほとんどなかった。

翌年四月から学校の授業は廃されて、辰夫は、軍需工場で工員とともに働くようになった。食糧不足が深刻化し、辰夫をはじめ級友たちの持参する弁当箱には、薯《いも》かふすま入りの小麦粉でつくった自家製のパンが入っているだけであった。

戦争の激化にともなって入営、出征する男たちが町をはなれているはずだったが、軍からの防諜上の指示で肉親のみの見送りをうけるだけであったので、それらしい男を眼にすることは稀であった。また、戦死の公報があっても収容できぬ遺体も多いらしく、なにも入っていない壺をおさめた白木の箱がとどけられるだけだという話も流れていた。

燈火管制がさらに強化されて、家の一室にともされた電燈も黒い布でおおわれ、町は濃い闇に閉され、それとともに月光と星の光が冴えた。

夏の終りにヤンマの群れが町の空を過ぎた頃から、広い道に面した家々が兵士たちの手でつぎつぎに倒されるようになった。柱に太い綱をむすびつけ、掛声とともに曳くと、家の傾きが次第に増して呆気なく土煙りをあげて倒れる。サイパン島の守備隊が全滅し、そこを基地にした米軍機の来襲が予想され、それにそなえるため防火帯をもうけていたのである。

改正道路の両側の家々も消えて、町の様相は一変した。また、学童の地方への集団疎開が積極的におこなわれ、子供の姿は消え、高瀬の妻の子供を見ることもなくなった。

十一月下旬、町の上空をアメリカ爆撃機の群れが過ぎた。驚くほどの高空を幾何学模様に似た編隊をくんで、それぞれ長い飛行機雲をひき、機体が雲母《うんも》の小片のように透き通ってみえた。

その後、晴天の日には必ず警戒警報につづいて空襲警報の噴き出るようなサイレンの音が町の空気をふるわせた。町の上空は爆撃機のサイパン基地への帰投コースに当っているらしく、空襲がある度に編隊が過ぎた。気まぐれの投弾なのか、町にも編隊から爆弾が二、三発ずつ投下された。それは長々とつづく貨物列車が機関車を先にして落下してくるようなすさまじい轟音で、辰夫は防空壕の中で頭をかかえて突っ伏し、炸裂音とともに体をはずませた。

やがて空襲は夜間にかぎられるようになり、サーチライトの光の束に明るく浮び上った編隊が、月や星の光で明るむ夜空を過ぎていった。編隊からおくれはじめた機が、突然、炎の塊となって落下してゆくこともあった。夜間空襲のたびに、町からはなれた地の空が朱色に染った。

大晦日の夜も爆撃機が単機で町の上空を通過し、元日の午前四時すぎにも爆撃機の侵入がラジオで報じられた。辰夫は、数日前から高台の神社に初詣でに行こうと心にきめていた。物心ついてから毎年、元旦に神社へ行くことをつづけてきたかれは、世情がどうであれその習わしだけは守りたかった。空襲警報で起きたかれは、爆撃機が去った後、神社に足をむけようと思った。

やがて、警戒警報解除のサイレンが鳴り渡った。辰夫は、学生服の上にオーバーを着て家を出た。夜明けには遠く、濃い闇がひろがっていた。家並の間を歩いてゆくと、露地から人影が湧き、次の露地からも人が出てくる。高台への坂道にきた頃には、人の数は増して、身を寄せ合うように無言でのぼってゆく。それらはあきらかに神社へむかう人たちであった。

闇につつまれた境内では、人の動きがわずかに感じられるだけであったが、社殿の方向で鈴をふる音がしきりであった。かれは、ほの白く見える石畳をふんで社殿に通じる石段の方に歩いていった。

近くの町々が焦土となり、町が近々に焼きはらわれるのは確実視されて、地方へ身を避ける人が増した。

辰夫は、高瀬の妻の家が戸を閉されているのを知った。彼女と甥が故郷に去ったにちがいないが、辰夫にはどうでもよいことであった。彼女に対する関心は全く薄れ、軒の上にある青いペンキのはがれた看板に視線を走らせるだけであった。

四月中旬の夜、町に大量の焼夷弾が投下され、壮大な炎が逆巻いた。

高台の墓地にのがれた辰夫は、桜並木の花が満開であるのを眼にした。空はきらびやかな朱の色で、避難してきた人も墓地も赤く染り、桜の花も空の色の反映で鮮やかな桃色に彩られていた。

翌日の午後、辰夫は、人々とともに高台から町へおりた。一面の焼野原で、町は白けた地になっていた。

亀裂の走った舗装路を歩いていったかれは、足をとめた。左手の空き地に黒い大きなものが数個ころがり、その形態から牛であるのを知った。かれは、そこが白牧舎のあった場所であるのに気づいた。むろん建物は消え、焼けトタンと白い灰がひろがっているだけであった。

牛乳瓶のふれ合う音がしなくなってからかなりの月日がたっているが、白牧舎にまだ乳牛が生きていたのが意外に思えた。食糧が枯渇している中で牛は飼料をあたえられ、乳をしぼられていたのだろうか。

かれは、明るい陽光を浴びた黒いものを見つめ、その姿に町が完全に消滅したのを感じた。

寒牡丹

電話のベルが鳴っているのが、かすかにきこえる。

日比野は、湯につかりながら耳をすました。

ベルの音が消え、日比野でございますが……という、いつものように丁重な娘の京子の声がしたが、すぐに語調が変った。友人かららしく、男言葉をまじえた京子の明るい声がきこえている。

電話のベルが鳴るたびに、妻の弓子からではないか、と思うが、必ずと言っていいほど京子の友人からの電話であった。

湯からあがったかれは、バスタオルで体を拭った。これまでは勤め先から帰ってくる京子のために浴槽に湯をみたし、前後して入浴したが、明日からは一人きりになり、湯を入れるのも億劫《おっくう》になるにちがいない、と思った。

パジャマを着てガウンを羽織り、居間兼食堂の洋間に行った。京子は受話器を手に、首を少し傾けて笑いをふくんだ声で話をしている。

かれは、台所に入って冷蔵庫から氷を出し、ミネラルウォーターとともに食卓に運び、椅子に坐るとコップに氷とウイスキーを入れ、水を注いだ。

京子は、三日前から休暇をとり、新婚旅行に持ってゆく物などを買いに外出し、今日は、全身美容専門の美容院に行った。美顔術もうけたらしく、艶やかな顔をしてもどってくると、床に腰をおろして神妙な表情で腕や足にクリーム状のものを塗り、むだ毛を除去したりしていた。

受話器を手に立っている京子の眼は輝やき、声もはずんでいる。明日はホテルで挙式と披露宴があり、そのホテルで一泊後、夫となった早川とともにカナダへ新婚旅行に行く。京子の顔は上気していて、日比野は視線をむけるのが堪えがたいような嫉妬に似たものをおぼえていた。

受話器を置いた京子が、台所に入ってナッツと柿の種を入れたガラスの容器を手にして出てくると、それを日比野の前に置き、椅子に坐った。

「メグったら、明日、私が涙ぐむかどうか、友達たちと賭けをしているんですって。泣いたりするわけないのに……」

京子は、恵という大学時代の友人の渾名《あだな》を口にし、ナッツをつまんだ。

かれは、無言でコップを傾けた。狭い庭から、虫の声がしきりにきこえている。

「明日、お母さんは式場にくるかな」

かれは、ためらいがちに京子に声をかけた。

京子は、口もとをゆるめ、

「くるにきまっているわよ」

と、少しも翳《かげ》りのない表情で答えた。

「なぜ、そう思う」

「だって、約束したんでしょう」

「それはそうだが……」

「今日あたり、もう東京に来てどこかのホテルに泊っているんじゃないかしら。私のことを困らせるようなことはしないわよ」

かれは、かすかにうなずき、京子から視線をそらせた。

式と披露宴に妻の弓子が姿を見せなければ、早川家の両親や親族はもとより、日比野の親族たちも不審に思うだろう。その折は、急に体調をくずして家で臥《ふ》せっているという口実を考えてはいるが、かれだけが出席する式と披露宴の雰囲気は、隙間風が吹くようなものになるにちがいなかった。

「お風呂に入るわ」

京子は立つと、部屋を出てゆき、浴室につづく脱衣場のドアがしまる音がきこえた。

たしかに弓子は、家を出て行く時、京子の結婚式には必ず出席すると約束したが、その後、挙式の日が迫っても電話はかけてこず葉書も送られてこない。どこにいるのか消息さえもわからず、約束通り出席するかどうか、心もとなかった。

かれは、今交した京子との会話を反芻した。京子は、少しの不安もないらしく、くるにきまっていると言い、すでに東京にきているかも知れない、とも言った。もしかすると、とかれは思った。弓子は、なにかの方法で、たとえば京子の勤め先に電話をかけたりして結婚式のことについて話し合い、式に出席する、とも伝えているのではないだろうか。それでなければ、出席すると確信にみちた口調で京子が言うはずはない。

東京に……という言葉にも、京子が弓子と連絡をとり合っていることがうかがえた。弓子はおそらく遠隔の地に住んでいて、京子の口にしたようにすでに上京して明日の式と披露宴にそなえているのではないだろうか。

かれは、妻と娘が強い絆でむすばれているのをあらためて感じた。京子は、中学校に入って間もなく初潮を迎えたが、その頃からなんとなくかれとの間に距離を置き、弓子に身をすり寄せるようになった。二人は、なにか低い声で話し合い、かれが近づくと口をつぐむ。女の生理について、京子が弓子に相談でもしているのだろう、とかれは推測したが、それだけに限らず学校のことや友人のことについて、弓子が聞き役になっているようであった。二人は連れ立って買物に出掛けたり、時には、一泊旅行に行くこともある。かれは、妻と娘が緊密な二人だけの世界を形作っているのを感じていた。

京子の結婚の話も、弓子から不意にきかされた。相手の早川は、京子の女子大時代の友人の兄で、著名な電機メーカーに勤務している。一年ほど前から交際していたが、その間の経過を京子は弓子にすべて話し、結婚の申込みをされて承諾したのだという。

「まちがいのない男なのか」

かれは、少しも相談を受けなかったことに不満を感じた。

「会ってみましたが、誠実そうで、それに性格も明るく、京子が気に入るのも無理はないと思ったわ」

弓子は、日比野の不快な表情を意識していないらしく淡々とした口調で言った。

その後、弓子と早川の母親との間で打合わせが繰返され、早川の上司が媒酌人となってレストランで結納が交された。疎外感を感じていた日比野は、その席で紹介された早川と両親の人柄に好意をいだいた。

日比野は、海運会社に勤め、管理職になって定年を迎え、傍系の国内航路のフェリー会社の役員を勤めていたが、結納の日から一週間後にその会社も定年退職した。勤めをしていた頃は、ゴルフに熱中していたこともあったが、いつの間にかクラブを握ることもなくなり、夜、帰宅して少し酒を飲むのを楽しみにしている程度で、趣味らしいものはない。今後は、学生時代に登山をして写真撮影するのを楽しみにしていたので、山に登るのは無理だが、カメラを手に神社仏閣を撮《うつ》して歩いてみたいと思った。

退職の日の夜、役員たちが料理屋で送別会をしてくれて、日比野は、贈られた置時計を手に帰宅した。酒に酔っていたが、かれはウイスキーの水割りを作ってソファーに坐った。大学を卒業して入社してからのことを思い起しながら、かれはコップを傾けた。

若い頃は地方の支社を転々とし、本社勤務になってからは船の積荷の確保に動きまわり、海外にもしばしば出張した。自分より高い役職についた同期の者も多くいたが、先天的な性格なのか、嫉妬の感情は淡く、働くことに専念した。かれは、過去を振返り、決して目立った存在ではなかったが、自分なりに会社に貢献したという思いが深く、少し感傷的な気持になった。

翌朝、眼をさましたかれは、会社に行かなくてもよいことに明るい解放感をおぼえた。家で寝ころんでいてもよく、背広も着ずに思いのままに街を歩いてよいことに気分が浮き立った。

朝食後、かれは包みをといて置時計を取り出し、居間の飾り棚の上に置いた。金色をした秒針が、閃《ひらめ》きながら動いている。かれにはそれが、会社勤めをした勲章のようにも感じられた。

弓子が台所から出てきてコーヒーをいれ、食卓の椅子に坐った。

「お話があるの」

弓子が、言った。

「なんだね」

かれは、コーヒーカップに手をのばした。

「あなたは昨日、定年退職しましたけれど、私も定年を迎えたのよ」

唐突な言葉に、意味がつかみかねた。が、結婚以来、毎朝食事を作ってかれを送り出し、夜おそく帰ってくるかれを迎えた生活から解き放されたことが、そのような言葉になったのだろう、と思った。

かれは、コーヒーをひと口飲んだ。

再び弓子の声がした。

「定年になりましたから、家庭の勤めをやめます。一人で暮します」

かれは、カップを手にしたまま弓子の顔に視線をむけた。別人のように硬い表情の顔と、冷い光をおびた眼があった。

彼女の口が、動いた。

「長い間、あなたの世話をしてきました。子供は一人しか出来ませんでしたが、養育につとめて大学を出して就職させ、いいお相手との結婚もきまりました。私の勤めはすべて終りました。これからは、私の時間です」

部屋の空気が静止しているのを、かれは感じた。眼の前に靄《もや》が流れているように、弓子の顔がぼやけてみえる。思考力が失われ、かれは、カップを食卓の上に置いた。

「それで、どうするというのだね」

かれは、妻の顔にうつろな眼をむけた。

「退職金の半分をいただきます。三十年間働いてきたのですから、いただく権利があります」

「それは渡してもいいが、なぜ、そんなことを考える」

弓子は、食卓の上にかすかに視線を落し、顔をあげた。

「かなり前から、あなたが定年を迎えたら一人で暮そうと思っていました。ただ、京子のことが気がかりでしたが、結納もすませましたし、心残りはありません。家を出ます」

「家を出る？」

「そうです。行く所もほぼきめています」

かれは、自分の頬がゆるみかけるのを意識した。弓子の言葉に、真実味が感じられない。精神的に不安定な状態になっていて、口が勝手に動き、言葉をもてあそんでいるように思える。家庭生活は平穏で、夫婦間に亀裂が生じる要素などなく、弓子は気まぐれにそのような言葉を口にしているにすぎないのだろう。

「退職金を半分いただきますが、よろしいですね」

弓子が、念を押すように言った。

「だから、渡すと言っている」

かれは、まともに受けこたえするのが愚かしく思えたが、真剣な表情をしている妻の顔に不快な気分にもなった。

「いい加減にしないか。そんなことを言って、なにが面白い」

かれは、妻から視線をそらせた。

「いい加減ではありません。長い間考えていたことです。身のまわりの物さえあれば十分ですから、明日にでも家を出ます」

かれは、妻が突然精神異常を来したのかも知れぬ、と思った。

「どうしたのだ。自分の言っていることがどういう意味をもっているのかわかるのか。出て行くというが、なにか私に不満があるのか」

かれは、弓子の顔を見つめた。

「不満云々の問題じゃありません。私も定年を迎えたということなんです。これから自分の思うままに生きてゆきたいのです」

弓子の口もとに、かすかに笑みが浮んだ。

かれは、その表情に苛立ちを感じた。

「たしかに私が勤めている間は、それによって拘束されることもあっただろう。しかし、私も勤めをやめたのだから、これからは自分の行きたい所に行けばいいし、好きなようにすればよい。家を出るなどという物騒なことを口にするな」

胸に憤りの感情が湧いた。

「この家を出たいのです」

弓子の声には、自分の言葉に酔っているようなひびきがふくまれていた。

かれは口をつぐみ、腰をあげて台所に入ってゆく弓子の後ろ姿を眼で追った。

妻との会話が、宙を流れる浮遊物に似たものに感じられた。突然、口にした弓子の言葉が、なんの意味もなくかたわらをかすめ過ぎていったように思える。弓子は髪に白いものがまじるようにもなっていて、世によくある、家を出る動機が男が出来たからなどとは思えない。化粧をすることもいつの間にかなくなり、外出する時も行先はきまっていて、夕方には帰宅しているのが常で、そのように疑念をいだく要素は思い当らない。

なぜ、弓子は、定年などという言葉を口にし、家を出たいなどと言うのだろう。日比野より早く定年退職した者が、妻を伴って悠長に旅を楽しんだりしているという話をよく耳にし、事実、出張の折に新幹線の車内などでそれらしい夫婦を眼にすることも多い。妻にとってようやく迎えた平穏な日々は、楽しいものであるにちがいなく、それなのに弓子は、それを自ら破棄して一人で暮したいと言う。

かれは、台所からきこえる食器を洗う水の音を耳にしながら、釈然としない思いでガラス戸越しに庭をながめていた。

かれは、その日、居間の椅子に腰をおろしたまま弓子の動きをひそかにうかがっていた。

弓子は自分の部屋に入ると、やがて姿を現わし、

「銀行に行ってきます」

と言って、家の外に出ていった。

かれは、背筋が冷えるのを意識した。たしかに三十年近く家事をやってきた弓子には、退職金の半ばを手にする権利はあり、それを惜しむ気持はかれにはない。が、夫

婦の生活には、互いに寄り添う気持があって、その曖昧さが支えとなり、権利などというものが割り込む余地はないはずだった。が、弓子はそれを口にし、金を引出すために銀行に出掛けていった。

不思議にも胸に怒りの感情は湧かず、冷い木枯らしの吹きすさぶ中に身を置いているような索漠《さくばく》とした思いであった。

正午過ぎに帰ってきた弓子は、自分は外食でもしたのか、買ってきたサンドウィッチを紅茶のカップとともにかれの前に置くと、無言で部屋に入っていった。かれは、うつろな気分で庭に眼をむけていた。したいようにすればいい、というつぶやきが胸の中で繰返され、拗《す》ねたような気分にもなっていた。弓子は、部屋に段ボールの箱を運び入れて身のまわりの物をつめているようだった。

夕方、弓子は、台所に入って夕食の仕度をし、日比野は弓子と向い合って食事をした。かれは、テレビの画面をながめ、弓子に視線をむけることはしなかった。

夜になって京子が帰宅し、着替えると弓子の部屋に入っていった。低い話声がし、京子が弓子を翻意させるのではないか、と期待もしたが、京子は衣服などをまとめるのを手伝っているらしかった。その気配に、かれは、弓子がかなり以前から自分の考えていることを京子に告げ、京子も納得していたのではないか、と思った。もしも弓子が家を出ることを京子が知ったなら、驚きの声をあげ、なじることもするはずだが、部屋の中からは低い声が時折りきこえてくるだけであった。

翌日の午後、小型トラックがやってきて、二人の男が鏡台と十個近い段ボールの箱を運び出した。

「それでは、これから行きます。夕食の食事は冷蔵庫に入れてあります」

弓子は軽装で、ハンドバッグを手にしているだけであった。

「出て行くのはいいが、京子の結婚式はどうするのだ。おれとお前という両親がいるのに、私一人だけだとしたら、相手側の人たちはどのように思う。別居しましたとでも言うのか」

かれは、身勝手な弓子が腹立たしかった。

「そのことは、京子に言ってあります。式の時には必ず出席するから……と。それだけは約束しておきます」

弓子は、淡々とした口調で言った。

かれは、無言で弓子の顔を見つめた。自分との生活を一方的になげうち、家を出てゆこうとしている妻が非情な女に思えた。

そうしたかれの視線になんの感情もいだかぬらしく、弓子は外出でもするような表情で背をむけると、玄関の方に歩いていった。

ドアの閉る音がした。

かれは、身じろぎもせずにソファーに腰をおろしていた。


京子と二人だけの生活がはじまった。

朝、京子はそれまでより早く起きて日比野との食事の仕度をし、出社するようになった。かれは、時にはなれぬ手つきで食事をととのえることもあったが、外食することが多かった。

京子は、勤めが終った後、早川と会って食事をすることもあるらしく、遅くなって帰宅し、酔いに少し顔を赤らめていることもあった。京子は口数が少く、弓子のことについてはふれぬようにしていた。

かれは、弓子が落着き先だけは報せてくるだろうと思っていたが、手紙も来なければ電話もかかってこない。消息は、断たれたままであった。

「弓子は、どこに住んでいるのだろうね」

休日の朝、かれは京子と食事をとりながらさりげなくたずねた。

「どこか地方の町に住むようなことを言っていたわ。物価が安くマンションの部屋代も少額ですむから、と言って……」

京子は、かれに視線をむけることもせずに答えた。

会話は、それで跡切れた。

新潟県で生れ育った弓子は、恐らく知人もいるその方面の都市にでも腰を落着けているのだろう。京子の態度から察して、京子は弓子の住んでいる場所を知っていて、時には電話で話し合っているのではないだろうか。

かれは、自分が一人疎外されているのを感じた。

京子の挙式の日が近づき、かれは落着かなくなった。

「仕度はいいのか」

かれは、不安になって京子にたずねた。

「すべて順調です。かれと二人で話し合いながら準備をととのえるのが楽しいの」

京子は、ホテルとの挙式、披露宴についての打合わせをすべてすませ、新婚旅行の渡航手続きも終えている、と言った。新居は、早川の親が買ってくれた郊外のマンションで、京子が早川と相談しながら購入した嫁入り道具を、挙式の日の直前にマンションにとどくよう手配してあるという。

「ただ一つ、お父さんにお願いしておきたいことがあるの。媒酌の方への御礼なのだけれど、挙式の後、披露宴がはじまるまでの間に、かれの御両親と一緒にお渡しして欲しいの。後日、お宅に揃ってうかがって差上げるのが正式なのだけれど、媒酌の方が、お互いに忙しいのだから格式ばったことは一切省略しましょう、と言って下さったので、その日にお渡しすることにしたんです。その小部屋もホテルで用意してもらってありますから……。お金を用意しておいて」

と京子は言い、早川家と二分の一ずつ出す金額を口にした。

「ほかになにか私がすることはないのか」

かれがたずねると、京子は、なにもない、と答えた。

かれは、翌日銀行に行き、新しい紙幣で金を引出し、文房具店で買った上質の祝い袋に入れた。

式の日は、晴れていた。

早めに朝食をすませた後、かれはモーニングを身につけた。そして、大きな旅行ケースを手にした軽装の京子と家を出ると、タクシーでホテルに行った。

ホテルに入ると、京子はなれた足取りでエレベーターに乗り、着付け室に入った。かれは、京子に教えられた日比野家控室と書かれた木札の出ている部屋に行った。むろん、だれもいない。

かれは、椅子に坐って煙草をすっていたが、時間を持て余して手洗いに立ったり、地下のショッピングコーナーを歩いたりした。控室にもどる時、弓子がいるのではないか、と思ったが、姿はなかった。

そのうちに、紫色の和服を着たホテルの女従業員が入ってきて飲物をそろえ、親族の者たちがやってくるようになった。かれは立って、かれらの祝いの言葉を受けた。

控室が、にぎやかになった。

「弓子さんは？」

亡兄の妻がたずねたが、かれは、

「用事があって、少し遅れます」

と、答えた。

媒酌人の夫婦が入ってきて、自己紹介をして祝いの言葉を述べた。日比野は進み出て、よろしくお願いしますと言い、親族の者たちと頭をさげた。

かれは、親族の者と言葉を交しながらも落着かず、部屋の入口に眼をむけ、さりげなく通路にも出てみた。腕時計を何度か見たが、式のはじまる時刻が迫っているのに、弓子は姿をみせない。京子はくるにきまっている、と言っていたが、弓子は出席しないような気がした。

蝶ネクタイをした係の男が部屋の入口に立って、式場へ案内する、と言った。通路に出たかれは、ウエディングドレスを着た京子が、タキシードをつけた早川とすでに並んでいるのを眼にした。その背後に媒酌人夫婦が立ち、係の男が新郎、新婦の両親がその後ろに並ぶように、と言った。

日比野は、足もとがふらつくのを意識しながら進み出たが、後ろに留袖を着た弓子が横からすべりこむように立っているのに気づいた。かれは、体をかたくして前方に視線をむけた。安堵感よりも驚きの方が大きかった。

列が、静かに動き出した。弓子はどこから姿を現わしたのか。着付け室にでも入っていて、京子に付添っていたのだろうか。もしかすると、昨日にでもこのホテルに入って泊り、京子と時間をしめし合わせて着付け室で待っていたのかも知れない。

赤い絨《じゅう》毯《たん》の敷かれた式場に入り、指示にしたがって左側の席に行った。弓子がおもむろに横に坐るのが感じられた。

雅楽が奏されて、神前での式がはじまった。

神官が祝詞《のりと》を奏上し、かれは京子が三々九度の杯を口にするのを見つめながら、傍らに坐っている弓子を意識していた。留袖の膝にそろえておかれた弓子の左指には、小さなエメラルドの指環がはまっている。それは、銀婚式を迎えた記念にかれが渡した金で弓子が買ったものであった。

玉串奉奠《ほうてん》につづいて親族かための杯の儀があって、一同起立して拝礼し、それで式は終った。

かれは、前を歩く弓子の後頭部に眼をむけながら式場を出た。親族の者たちが弓子に近づいてきて言葉をかけ、弓子はにこやかな表情で頭をさげている。

かれは、弓子の傍らをはなれ、弓子をながめた。三カ月前まで一緒に過してきた弓子が、思いがけず遠くへだたった存在に感じられた。かれは、一人の女として弓子を見ている自分の眼を意識した。共に生活をしている時には、弓子が六十歳近い年齢であることも念頭になく、女らしい香を感じて、夜、体を抱きしめることもあった。が、親族の者と言葉を交している弓子は、年齢相応の艶の失われた女に思えた。額と眼尻に皺が刻まれ、首筋の皮膚にたるみがみえる。化粧をしているが、肌になじまず浮いている。

係の男が、写真室に案内するのでついてきて欲しい、と言った。

かれは、歩きながら京子の去った明日からの一人だけの生活を思った。弓子は自由に生きたい、と言ったが、自分も誰にも拘束されることなく思いのままに生きてゆこう、と思った。胸にわだかまったものが、吹きはらわれてゆくのを感じた。

写真室に入ると、新郎、新婦を中心に媒酌人夫妻が坐り、日比野は弓子と並んで腰をおろした。

写真室の男が親族の者の立つ位置を少し移させたり、若い女がうずくまって京子のドレスの裾を直したりした。

眩《まば》ゆいライトがともされた。日比野は、膝の上におかれた弓子の手の甲に太い静脈が浮き出ているのを眼にし、撮影技師の指示にしたがって、カメラに顔をむけた。

光る干潟

飯村は、広い食堂の窓ぎわにある食卓の前の椅子に坐って、長く伸びたテーブルに並ぶ食物を物色しながら、皿に移している妻と息子夫婦の姿をながめていた。

嫁の傍らには髪を後ろで編んだ三歳の孫の由紀がいて、嫁が由紀に体をかがめて好みの物をたずね、それを皿にのせている。多種多様の食物の中から適当にえらんでいることが楽しいらしい。

妻は、飯村がそのようなヴァイキング形式の食事に特殊な感情をいだいているのを知っている。かれは、一人で旅行した折にホテルの朝食がその形式であるのを知ると、食堂の入口から引返し、外に出て喫茶店に入り、サンドウィッチなどを食べてすます。妻と旅行した時には、そのようなこともできず、妻が運んできた食物を受動的に口にする。

かれは、自分の手で食物を取りにゆくという行為に強い抵抗感をいだいている。それは終戦前後の食料枯渇《こかつ》時代のいまわしい記憶が胸に巣食っているからで、戦後半世紀もたっているのに愚かしいとは思うものの、どうにもならない。

その時期にかれが身にしみて感じたのは、食物を口にしなければ人間は生命を保つことができないという厳然とした事実だった。戦争がはじまって一年ほどまでは、不足しがちではあったものの、食事の折に食物は眼の前にあった。しかし、戦争が激化するにつれて食物は次第に周囲から消えはじめ、やがて眼にすることもなくなって、それを入手するため人々は激しい動きをしめした。箪笥《たんす》に入れられていた衣類などを手に農家に行って哀願するように農作物と交換し、果ては野草を摘《つ》み、蛙やざりがにを採って空腹をいやす者もいた。

食べなければ生きてゆけぬということは、人間としての尊厳を根底から突きくずすものに思え、食物が潤沢になってからも、自らの矜持《きょうじ》のために自分の方からそれを手にしようとする気にはなれない。眼の前に並べられた食物を、少しおごりたかぶった気持で口にしたいのだ。

妻と息子夫婦がもどってきて、食卓の上にハム、ソーセージ、スクランブルエッグ、サラダ等をのせた大小の皿を置いた。

かれは、無言でフォークを手にした。

食堂は十分な空間があって、食卓も点々と置かれている。大きな規模をもつ遊園地に隣接したそのホテルは、安い地価の土地に建てられているためか、すべてがゆったりとしている。食堂も吹き抜けになっていて、ドーム型の天井から程良い陽光が食堂にひろがっている。空気が青ずんでいるように感じられ、皿にのせられた野菜類や果実が新鮮にみえる。

かれが遊園地に同行すると言い出した時、妻は呆気にとられたようにかれの顔を見つめた。息子夫婦と由紀に妻が加わって、泊りがけで遊園地ですごす予定が早くから組まれ、ホテルも予約していた。

「なぜ、そんな気になったのです」

妻は、信じられぬ表情をした。

「由紀が喜ぶのを見たいのさ」

かれは、照れ臭さを感じ、妻から視線をそらせた。

かれには息子と娘がいて、娘も半年ほど前に結婚し、近くにある二間つづきのアパートに住んでいる。息子も娘も得がたい伴侶に恵まれて、休日にはそれぞれ連れ立ってかれの家にやってきて食事を共にすることもある。

かれは、なごやかなその環の中に身をゆだねているが、妻が中心に身を置き、世の父親の常として自分が幾分その環からはずれ気味であるのを意識している。それは文筆を業とするかれが、終日、密室に似た書斎で時をすごしている孤立感が身にしみついていて、家族との間に或る距離を置いているからかも知れない。

息子夫婦や娘夫婦は旅行に出る時、自然のように妻を誘う。妻もかれに一応声をかけはするが、かれが応ずる気がないのを知っている。かれとしてみれば、自分が加わることによって浮き立ったかれらの雰囲気を乱したくない気持がある。そうしたかれが、泊りがけで遊園地に行く妻たちに同行すると言い出したことは、妻には思いがけなかったようだ。

「由紀が……」と答えたが、それはかれの素直な感情であった。

嫁が女児を出産したことをきいて、妻と産院に行き、ガラス越しに新生児室のベッドに横たえられた嬰児を眼にした。その小さな生き物に、かれは奇妙な感慨をいだいた。息子と娘がそれぞれ出生した時には感じなかったが、自分の体の細胞を確実に受けついだものが、そこに突然のように出現しているという、戸惑いに似た驚きであった。アミーバーが細胞分裂するように、自分が死を迎えて肉体が消滅しても、細胞が孫の肉体にそのままひきつがれてゆくことが不思議に思えた。嬰児は顔をしかめ、うごめくように体を動かしている。

嬰児は由紀と名づけられ、やがて這いはじめ、そのうちにつかまり立ちをして歩くこともできるようになった。飯村は由紀をながめ、時にはその小さく柔かい手にふれることもあった。

子供を喜ばせるさまざまな趣向をこらしているという遊園地で、由紀がどのような反応をしめすか。幼い頃、初めてデパートの屋上にある動く木馬にまたがった時の胸のときめきが思い起され、由紀に過ぎ去った日の自分の姿を見たかった。

息子夫婦が予約したホテルの部屋は家族用の広い部屋で、予備のベッドが一つあいていることから、かれが加わっても支障はなかった。

前日の日曜日の朝、息子の運転する車に乗って高速道路を進み、川に架った橋をいくつか渡って隣接県にあるホテルにおもむいた。

フロントで宿泊手続をすませた息子の後について、かれは妻たちとホテルの近くにある遊園地に行った。丸い大時計のうめこまれたゴシック様式の正面入口を眼にしたかれは、遊園地が予想通りかなりの規模をもっているのを感じた。

石畳の広いアーケードの両側にはレストランや洋風の陶器、衣類、小物などを売る店が並び、それを過ぎるとさまざまな遊戯施設が重り合うようにつづいていた。家族連れをはじめとした多くの人が歩いていて、かれらは一様に笑いの表情をうかべていた。

若い男が入っているらしい、漫画に出てくる大きなぬいぐるみの犬が、手をふり足をはずませて歩いてきた。嫁がそれを見つめている由紀の手をひいて近寄ると、犬が由紀の手をつかんでゆすった。由紀は、恥しそうに顔を赤らめながらも小さな歯をのぞかせて笑った。

由紀は、息子夫婦と妻とともにウェスターンランドをめぐるという汽車に乗り、飯村は柵の外に立ってかれらがもどるのを待っていた。園内ではお伽《とぎ》の国の朱色の制服に黒い制帽をかぶった兵士たちのパレードがおこなわれ、楽の音とともに踊子が乗物に乗って過ぎていった。

かれは、息子たちの後からついて歩くだけであった。予想通り由紀は興奮し、時折り体をはずませていた。

メリーゴーラウンドの柵内に入った妻たちは、それぞれ白馬にまたがった。

やがて音楽の旋律が流れて、円形につらなる馬が上下しながらまわりはじめた。金色の柱につかまった由紀に、前の馬に乗った息子がビデオカメラをむけ、嫁は横の馬に、妻は後ろの馬に乗っている。

その姿をながめていたかれの胸に、不意に二十歳の折にふとんに身を横たえていた自分の姿がよみがえった。肺に巣食った結核菌が腸をもおかして、口にした食物は消化されることなくほとんどそのまま排出されていた。栄養を摂取できなくなった体は極度に痩せ細り、咳と発熱は激しくしばしば意識が薄れた。そのような末期患者であったかれが辛うじて死をまぬがれたのは、半ば実験的におこなわれていた手術を受けたからで、その手術を受けた者も大半が再発し、死亡している。

その折に死を迎えていたら、妻は他の男と結婚していたはずだし、ビデオカメラを手にしている息子は存在せず、柱につかまる由紀もこの世に生れ出ていない。

かれは、不思議なものを見るように妻たちを見つめた。笑いながら馬にまたがって体を上下させてまわっているかれらは、自分が死をまぬがれたことで、偶然のように家族という形をとっている。

かれは、身じろぎもせずかれらの姿をながめていた。

その夜、由紀は、刺戟が強かったらしく、しばしばうなされて泣き声をあげた。その声に、ベッドに身を横たえたかれは、死と生は紙一重なのだと胸の中でつぶやき、眼に涙がにじみ出るのを感じていた。

由紀はプチトマトが気に入ったらしく、嫁がナイフで二ツ割りにしてやったものを口に運び、ヨーグルトをスプーンですくっている。言葉も話せるようになっていて、嫁が声をかけるとうなずいたりしている。

腕時計に眼をむけた息子が、椅子をひいて立ち上った。帰路は嫁が車を運転し、かれは都心の駅までゆくバスに乗り、そのまま会社に出勤する予定になっていた。

「じゃあな」

かれは由紀の頭をなぜ、飯村たちに眼をむけると、食卓からはなれて食堂の出口の方へ去っていった。

「あなたは、浦安へ行くのね」

妻が、念を押すように言った。

飯村は、昨夕、遊園地からホテルにもどった息子が、パンフレットで都心の駅に行くバスの時刻を調べている時、浦安へのバスが出ているのを眼にした。浦安には地下鉄の駅があって、遊園地にくる客の中にはその駅を利用する者も多いらしい。かれはかれの気持は大きく動き、久しぶりに浦安の町に行ってみようと思った。かれは遊遊園地を歩くことに飽き、その日妻たちと付き合う気にはなれなかった。由紀を中心に妻と嫁は、少しも気をつかうことなくなごやかに遊楽の一日をすごすだろう。

「一休みしたら出掛ける」

かれは、コーヒーカップに手を伸ばしながら答えた。

部屋にもどった妻たちは、着替えをして手荷物をボストンバッグにおさめ、由紀は買ってもらった漫画に出てくる動物の人形を抱いてソファーに坐っていた。

彼女たちは部屋を出るとエレベーターで降り、フロントに行って宿泊代を支払い、携帯品をクロークにあずけた。嫁がかれに挨拶し、由紀は手をふって妻たちと遊園地に行くためホテルを出て行った。

かれは、フロントの壁の時計に眼をむけ、外に出た。入口の近くに浦安行きの大型バスがとまっていて、かれは身を入れた。その時刻に帰る者は稀《まれ》らしく、車内には二組の夫婦らしい老いた男女が坐っているだけであった。

浦安の町は、終戦の年の春から晩秋の頃まですごした地であった。綿糸紡績工場を東京の郊外で経営していた長兄は、戦時経済統制令で原棉の輸入が杜絶《とぜつ》したことから事業の転換をはかって、江戸川河口の漁師町である浦安の町はずれに土地を購入し、造船所を設立した。海軍の管理工場の指定も受けて、船大工や浦安の町その他から男たちを徴用者として集め、月に一五〇トンから二五〇トンの木造運送船を二、三隻建造して進水させ、海軍の軍需部に引渡していた。

終戦の年の三月に飯村は旧制中学校を卒業したが、最終学年の五分の三を肺結核で欠席していたため、内申書選考による上級学校への進学ができず、そのうちに家も空襲で焼失したので造船所に身を寄せた。浦安の町に来て嬉しかったのは夜、空襲警報ではね起きずにすんだことと、食料を比較的自由に口にできることであった。船の建造過程で出るかなりの量の木片が、燃料不足の農家に穀物や野菜類と交換に渡され、海も近いので魚介類にも恵まれていたのだ。

終戦後、長兄は造船所を閉鎖して敷地を売却し、飯村も町をはなれ、十年ほどして鯊《はぜ》釣りに行ったことが一度あるだけであった。浦安の町へ行ってみようと思ったのは、地下鉄の線路が伸び、それによって東京のベッドタウンとしてマンションなどが建ち並んでいることを耳にしていたので、変貌を眼にしたかったからであった。

　定刻になってどこからともなく姿を現わした運転手が席につき、バスが動き出した。バスは、広い道を進んでゆく。

　自然に浦安に住んでいた頃のことが思い起された。それは戦争の記憶に直結するもので、その町で終戦を告げる天皇の放送もきいた。

　戦時は暗い時代であったと言われているが、それにまちがいはなかったと思うものの、五十年という歳月が経過したからか、マグネシウムが焚《た》かれて閃光がすべてをおおっていたような一時期であったように思える。浦安の町の空も光り、路上に敷かれた貝殻は白く輝やいていた。

　そのような印象は、戦争が終結に近づくにつれて濃さを増し、終戦の日を境にして不意に光を失った。その間、かれはなにもかも眩《まば》ゆい光の中に身を置いていた気がする。

　すでに空襲が日常化していて、絶えずかれは空を見上げていた。雨の日も曇天の日もあったはずなのに、好天が連日つづいていたような記憶があるのは、その空がアメリカの軍用機がやってくる、いわゆる飛行日和の空であったからであった。

その年の初め頃は、生れ育った東京の下町の上空を百機前後の大型爆撃機の編隊が、正しく幾何学模様をえがいて西方から東にむかって移動していた。超高空の空を動いてゆく各機の四発の発動機から、それぞれ長い白絹に似た飛行機雲が後方に流れ、それは次第に太い筋になって薄れ、空の中にとけこんでいった。

爆撃機の機体は、陽光を凝集して光り輝やき、その前方からこまかい光の粒のようなものが近づいていった。それは日本の迎撃機で、後方にかすめ過ぎてゆくものもあるが、時には爆撃機の主翼などにふれる機もある。そこから細い黒煙が筋になって尾をひき、編隊からおくれはじめて徐々に降下しながら東方の空へ去ってゆく。時には一瞬朱色の炎がひらめいて、四散する爆撃機もあった。

春の気配がきざしはじめた頃から爆撃機はもっぱら夜間にやってくるようになり、その空も飛行に適した月光や星の光にみちた空であった。

燈火管制で地上に光が絶えていたので、月や星は、それまでかれが眼にしたことのない冴えた光を放っていた。小学校高学年の春に観に行ったプラネタリウムの半円球の天井を彩っていた星座が、そのままそこにあって、北極星を要に北斗七星、カシオペア座、さそり座、牡牛座等が光っていた。

その星座の中に、高射砲弾の炸裂する閃光につつまれた爆撃機編隊が、回遊する魚群のように西の空から姿を現わす。地上から放たれる探照燈の光芒がそれらの機体をとらえて移動してきて、機体は明るく浮び上る。それらの編隊が通過していった下方の町々が明るくなるのは、焼夷弾がばら撒《ま》かれたからであった。

四月中旬の夜には、かれの町にも大量の焼夷弾が投下され、かれは町の人々とともに高台にある広大な墓地にのがれた。町をおおった壮大な炎の反映で空はきらびやかな朱の色に染まり、驚くほど超低空の爆撃機が巨大な構造物のように頭上を過ぎていった。その機体も玉虫色に輝やいていた。

かれは、焦土となった町から隅田川をへだてた地にある長兄の旧紡績工場の社宅に移り、さらに浦安の町にある造船所に身を落着かせたのだ。

バスは、両側に家々の並ぶ道を進んでゆく。そのあたりは、池沼や蓮田がひろがる中に農家が点々と散っている地であったはずだった。

やがて、フロントガラスの前方に、鉄筋コンクリートづくりの建物が重り合うように見えてきた。道の左方には、高架の上を銀色の車体をつらねた電車が動いている。アナウンスがあって、終着のバスターミナルが近づいていることを告げた。

座席をはなれた飯村は、茫然とした思いで駅の近くでとまったバスから降りた。鯊釣りに来た時は、かれの知る漁師町のたたずまいがそのまま残っていたが、眼前の町は全く別の地のように変貌している。車の往き交う広い道に沿って駅があり、それは耳にしていた都心から伸びた地下鉄の駅にちがいなかった。

周囲を見まわしながら立っていたかれは、自然に広い道から斜めに通じている道に足をふみ入れた。未知に等しい町であるのに不思議な土地勘のようなものが働いて、その道が造船所のあった江戸川河口に通じているように思えたのだ。

両側には隙間なくモルタルづくりの商店やオフィスの入っている鉄筋コンクリートの建物が並んでいる。記憶にある道よりも幅が広く舗装されていたが、かれはそれが雨が降ると所々に水溜りのできた道であるのを信じて疑わなかった。

二百メートル近く進んだ時、かれは足をとめた。町に住んでいた時に眼になじんでいたものが前方に見え、その道を進んできたことが正しかったのを知った。それは小さな稲荷神社であった。

かれは再び歩き出し、色の褪《さ》めた幟《のぼり》の並ぶ稲荷神社に近づき、その傍らを右に曲った。予想した通り水路が伸びていて、釣り客を相手にするらしい屋形船がつらなって浮んでいた。

当時はベカと称された小さい漁船が両岸にもやっていたが、水路そのものに変りはなく、それを眼にしたかれの胸に、町の記憶が鮮明によみがえってきた。飯村は、水路に沿った道を歩きはじめた。

その細い道は、むろん舗装などされてはいず貝殻屑に分厚くおおわれていた。河口附近の海は、潮がひくと広大な干潟《ひがた》になって蛤が採取され、その貝殻が町の至る所に見られたのだ。

前方にコンクリートの堤防が見えた。戦後に護岸のために設けられたものにちがいなかった。

かれは堤防に近づき、階段をふんでその上にあがった。前面に江戸川の水が流れ、右方に川に架けられた鉄橋が見えた。それは町に住んでいた頃、よく自転車で通った橋であった。

自分の立つ位置がさらに確実になり、かれは堤防の上を河口方向に歩いた。

思いがけぬ光景がひろがっていた。前方の川沿いに造船所があったあたりには、高層のマンションがつらなっている。対岸にはなにもなかったのだが、そこにも遠く近くマンションが見え、窓ガラスの列が陽光を反射して光っていた。

放心したように百メートルほど歩いたかれは、足をとめた。そこは、まちがいなく造船所の門があった場所で、当時、砂まじりの広い敷地には二つの船台が設けられていた。船の建造が成ると、船体が徐々に川べりにむかい、川面に滑りおりて浮んだ。進水は月に二、三度おこなわれ、艤装《ぎそう》工事を終えると、船は海軍の軍属たちの運転で河口方向に去った。

かれは、門の傍らの事務所の二階の一室で起居して労働に従事していた。雑役もしていたはずだが、手斧で龍骨削りを毎日していたような記憶がある。

造船所で過した日々も、なにもかも眩ゆい光につつまれていた気がする。町の上空は、京浜方面に飛来したアメリカの爆撃機の退去コースになっていて、かれは、しばしば編隊が海方向に去ってゆくのを眼にした。初夏から夏にかけての時期であったこともあるのだが、見上げる空が常に輝やき、機体は光の結晶さながらに見えた。

不意に、一つの情景がよみがえった。

その日も空は青く、午後になって空襲警報のサイレンが町に鳴りひびいた。かれは作業を中断して半ばお義理のように所内に設けられた防空壕の一つに入った。お義理のようにとは、漁師町に爆撃機が投弾するはずはなく、防空壕に入るのは休息をとることに通じていた。壕内では作業員たちが雑談を交し、壁に背をもたせて居眠りをしている者もいた。

しばらくして編隊が海方向に遠く去ったらしく、空襲警報解除のサイレンがきこえた。

飯村は、作業員たちと壕を出てそれぞれの職場にもどった。船台にはほとんど完工間近の木造船があって、かれは梯子《はしご》から梯子を伝って甲板上にあがった。どのような作業をしていたのか、記憶にはない。

そこからは町や河口につづく輝やいた海が遠くまで見渡すことができたが、海の方向に眼をむけた作業員の一人が、不意に叫びに似た声をあげた。その声に飯村は、かれの視線をたどった。潮がひいていて、広い干潟の中央あたりに光るものがかたまって見える。

それがなんであるのか、かれにはわからなかった。太い筒状のものもあれば、突起物も見える。いずれも金属製であるらしく、光っている。

「B公だ、B公が落ちている」

作業員が驚くような大きな声で言い、下方の船台の周囲にいる者たちにむかって同じ言葉を繰返した。B公とは、アメリカのB29型爆撃機を憎しみをこめて呼ぶ俗称で、たしかに光っているのは墜落し四散した爆撃機にちがいなく、太い胴体と折れた主翼が重り合い、少しはなれた所に垂直尾翼も見える。

梯子を伝って多くの作業員たちが急いで登ってきて、一様に海方向に視線を据えた。かれらは、かたい表情をして見守っていたが、にわかに歓声が起り、手をふり足をはねあげる者もいた。飯村の胸にも、小気味良さと歓喜の感情がひろがった。

「行ってみよう」

一人が梯子にとりつくと、他の者たちもそれにならってあわただしく梯子をおりてゆく。飯村は、そのまま甲板に立って干潟に視線を据えていた。

干潟には、蛤を採っていたらしい人の姿が点々と見えていた。女たちなのだろうが、少しずつ残骸の方に動いている。機が墜落した時、彼女たちは驚きと恐怖で身をふるわせたにちがいないが、その時から時間が経過して危険がないのを感じ近づいているのだろう。町の家並の中から干潟に出てゆく者もいて、鳶口《とびぐち》などを肩に川沿いを干潟に急ぐ造船所の作業員たちも見えた。

いつの間にか陽光のひろがる干潟に、残骸を中心に遠巻きにした人の環が出来た。それは少しの間動かなかったが、徐々に環がちぢまって数人の男たちが散乱物に近づき、他の者たちもそれにならってゆく。

美しい干潟であるだけに、思わぬ巨大な魚がのしあげ、人々がそれにむらがって見物しているような情景に見える。やがて人々は、散乱物の間に入り、尾翼の傍らに立ったり胴体に手をふれているらしい人の姿もあった。

かれらは、散乱物の間を歩きまわり、立ちどまって身をかがめたりしていたが、しばらくたつと散乱物からはなれて引返してくる者もいた。

川沿いの道を連れ立ってくる者の姿を眼にした飯村は、墜落現場の様子をきこうと思い、梯子をおりて川に面した門の外に出た。そこには十名近い作業員が、干潟の方に視線をむけて立っていた。

前方から近づいてきたのは、長靴をはいた数名の中年の女たちであった。彼女たちは、蛤を搔き起す道具と蛤でふくらんだ網袋を手にしていた。

彼女たちの顔は笑いにみち、甲高い声を交していた。顔が火照《ほて》ったように赤らみ、眼が光っている。

近寄ってきて飯村たちの前で足をとめた彼女たちは、驚くほどの饒舌《じょうぜつ》で口々に眼にしたことを話しはじめた。機が降下して干潟に激突した折の驚きで町の方に走ったこと。しかし、残骸に動くものが全くなく、町の中から多くの男たちが来たので墜落機に近づいた経過をうわずった声で話した。

そのうちに、顎の張った浅黒い大柄な女が、ころがっていた飛行士の遺体のことを口にすると、彼女たちの間からはじけるような笑い声が起った。女は、遺体の陰部がことのほか大きく、それを思い切り足蹴にしてやった、と大きな声で言った。

飯村は、陰部を表わす露骨な言葉が女の口から出たことに、女の顔を見ていられないような気恥しさをおぼえた。が、女たちの表情は明るく、顔が浴槽からあがったばかりのように上気していた。

やがて彼女たちは、笑い声をあげながら飯村たちの前をはなれて町の方へ歩いていった。

その折の彼女たちの笑いの表情と興奮しきった声を、五十年もたっているのに鮮やかにおぼえている。さらに彼女たちの姿を見送った老いた作業員が、まるで男に抱かれて乱れに乱れた後の女のようだ、といった趣旨のことを卑猥な言葉でつぶやいたのも記憶している。

多くの町の者たちが、散乱物の中からさまざまなものを拾って持ち帰ったようだった。衣類、時計、金の太いイヤリングなどという品物の名を耳にしたが、それを知った警察署員が、軍が機体を接収後、町の中を歩きまわって提出させようと動いた。

町は静まり返り、拾得物については禁句となって、警察署員が回収したのはごく一部であったようだ。

一カ月ほどして、所内の社宅の裏で蛤を入れた味噌汁が大鍋でつくられた。その鍋は鋲《びょう》の浮き出た軽金属の異様な形をしたもので、飯村は、作業員たちと黙って丼に入れてもらった味噌汁を口にした。蛤のだしがきいていて、それは陶然とするようなうまさであった。

終戦はそれから間もなくで、休業しているクリーニング店の奥から流れてくる天皇の放送を、路上に立ってきいた。飯村は、貝殻の敷きつめられた水路沿いの道を造船所の方に放心したように歩いたが、薄い雲におおわれた空はにぶく光り、戦争が終るというのはすべてが眩ゆいことなのだ、と妙なことを考えていた。

堤防の上に立つかれの眼の前には、マンションのつらなる見知らぬ町がひろがっている。絶えず光にみちていた漁師町は、遠く過ぎ去った時間の中に埋れ、消えている。

かれは、干潟のあった海の方向に眼をむけた。倉庫のような大きな建物が並んでいて干潟は見えず、その後方に海の輝やきが見えた。

水平線に近く大型のタンカーが左右から近づいていて、かれはそれをながめながら堤防の上を水路の方に引返した。

碇《いかり》星《ぼし》

改札口を抜けた人の群れが、左手と右手にある駅の出口に二手に別れて流れてゆく。望月は、長年の習性で足がそうした構造になっているように左手の出口にむかう。

駅を出ると、広場をへだてて朝の陽光に眩《まば》ゆく光る窓ガラスのつらなったビルが重り合ってそびえていて、横断歩道を体をふれさせながら渡った人の群れは、それぞれのビルにむかって動いてゆく。若い男や女は望月を追い越し、中には小走りに急いでゆく者もいる。社員として通勤していた頃は、顔見知りの者もいて、軽く声をかけ合ったり目礼したりしたが、今はいない。

定年で退職した者には、二通りの生き方があるようだ。

その一つは、退職したことが嬉しくてならず、表情も一変して明るくなる。朝起きても出社する必要がないことに胸をはずませ、夜就寝するまでの時間を浮きうきとした気分ですごす。居間で茶やコーヒーを飲みながら妻と世間話をしたり、妻と連れ立って、マーケットなどに買物に行ったりする。年金生活で贅沢《ぜいたく》はできないものの、小旅行をし、案内書を手に美術館や博物館めぐりをすることもある。少しの束縛もない自由な生活に満足し、新鮮な日々をすごす。

それとは対照的に、虚脱感におちいる者もいる。定年退職は、社会が自分を必要としなくなった結果だと考え、なすこともなく居間に坐ってテレビの画面に眼をむけたりしている。時間が惰性のように流れるだけで、会社なくしては自分の存在意義がないのを感じる。

かれらの中には、会社に勤めていた頃と同じようにネクタイをしめ背広を着て家を出ると、あてもなく歩きまわって夕方家路につく者もいるという。望月の数年先輩の者は、退職後一年ほどの間、会社の入っているビルの前まで来て、それから近くの喫茶店で時間をすごすのを日課としていたときく。

定年の日が近づくにつれ、望月は、その先輩の話に空恐しさをおぼえた。退職してからはじまる日々に自信がなかった。趣味というものを持たぬかれは、たとえ自由になっても時間をすごすすべは見当らない。妻は、刺繡《ししゅう》と造花をそれぞれ教えるサークルに加わっていて、そこで知り合った女たちと会食や観劇をし、時には一泊の旅行に出ることもある。望月には、妻が全く知らぬ世界に生きている人間に思え、退職後も接点がないことを知っていた。

退職が一カ月後に迫った頃、総務部長から嘱託《しょくたく》として勤務をつづける気はないか、と言われた。主だった社員が死去した折には、総務部から部員たちが出向いて通夜、葬儀を取り仕切るのが習いになっているが、長年それに従事してきた望月に葬儀係として社に残ってもらいたいのだという。社員の死は不測のものが多いが、月、水、金の週に三回出社してくれればよく、在宅していた日に社員の死があった折には、その社員の家に出向いてもらう。

望月は、一応考えさせて欲しいと即答を避けたが、翌日、部長に承諾する旨を伝えた。退職後の生活におびえに似た感情をいだいていたかれは、嘱託という資格で週に三日とはいえ出勤できるのは喜ばしいことだと思ったのだ。

それから二年が経過しているが、その日も定時に家を出て満員電車に乗り、駅で下車した。無言の人の群れにまじって歩いていることに、安らいだ気持になっていた。

ビルの入口を入ると、社員たちは正面につらなるエレベーターの前に行って列をつくる。それらはすべて上方に昇ってゆくエレベーターで、かれは左方の階段に足をむけ、一人ゆっくり降りて行った。

地下二階まで降りたかれは、前面にガラスの張られた受付のある部屋のドアをあけた。井波が、机の前に坐って茶を飲んでいた。

その階の広い空間には、バンやワゴンが二十台ほど駐車し、それらはすべて社有車で、電機メーカーである会社の研究品、試作品、書類等を社員が自ら運転して系列の部門に運ぶ。それらの物品は、機密を要するものが多いので、助手席に社員が乗ることが義務づけられ、車を使う時は所定の用紙に使用目的、行先、使用予定時間等を記入して予約係の井波から車のキーを受取る。

望月は、井波と軽く挨拶を交し、奥のドアの鍵をあけて部屋に入った。四坪ほどの広さで、机以外に応接セットのソファーが置かれている。肉親などが死亡した一般社員の通夜、葬儀に関する相談にも応ずるためであった。

かれは電話機に近づき、いつものように留守番電話があったかどうかたしかめたが、録音されているものはなく、ソファーに背をもたせて坐った。

自分一人だけのその部屋が、かれは気に入っていた。入社以来かれは、上司をはじめ同僚、部下たちにかこまれてすごしていたが、絶えずかれらの眼を意識しながら自分にあたえられた仕事を忠実に果してきた。目立たぬ存在であったが、上司から命じられた仕事はもとより、同僚に押しつけられた事柄も苦にすることなくこなしてきた。

要職にある社員の葬儀が休日におこなわれることもあって、当然ながら出向いてゆくのを嫌がる部員が多いが、そのような折にも望月は喪服を身につけ自宅から通夜や葬儀に出掛けてゆく。そうしたことから、望月は葬儀に必ず姿を見せる社員として知られるようになった。

会社は大手の葬儀社とつながりを持っていて、自然に望月は葬儀社の社員とも顔見知りになった。葬儀の進行を指揮するのは総務部次長が当ることになっていて、望月は次長とともに遺族の意向をきき、それを葬儀社の者に誤りなく伝える。次長が葬儀社と経費の交渉をする場にも同席し、その仕組みも知るようになった。

通夜、葬儀は、葬儀社との連携で円滑に推し進められていたが、時には思わぬ事柄が生じてもつれることもある。死去した副社長の葬儀では、葬儀委員長を社長に依頼することが役員会できめられていて、それを次長が遺族に伝えたが、未亡人が即座に拒否した。社長と副社長は表面上親しい関係にあると思われていただけに意外で、困惑した次長が総務部長とともに夫人の説得につとめた。しかし、夫人の態度は変らず、その結果、夫人の意向をいれて委員長を副社長の友人である大学の教授に依頼した。葬儀はとどこおりなくおこなわれたが、参列した社長をはじめ役員たちの表情は白けていた。

会葬者には会葬御礼の印刷物等を渡すが、その数の想定もいつの間にか望月の役割になっていた。どれほどの人数が会葬するか。それについては故人のもとに個人名で送られてきている年賀状の数が、一応の目安になることを葬儀社のベテランの社員から教えてもらった。年賀状の数の五〇パーセントから六〇パーセントが故人の個人的に親しい会葬者数と考えればよく、それに会社関係の予想される人数を加えれば、まずまちがいないという。そのため望月は、遺族の諒解を得て年賀状の数をしらべるのが常であった。

かれは、葬儀に不可欠の社員になっていたが、次長の指示に意見をさしはさむようなことはせず、葬儀社側の動きにも口を出すようなことはしなかったので、次長にも葬儀社の社員にも好感をいだかれていた。

しかし、三年前の夏、望月は初めて自分の意見をゆるぎない態度で主張した。

その日の夜、帰宅して間もなく総務部長から至急会社にくるようにという電話がかかってきた。かなりうろたえた様子であったので、望月はタクシーに乗って会社におもむいた。

部長室には、部長と将来社長になると噂されている初老の常務が、血の気のひいた顔で坐っていた。

会社の会長が愛人宅で急死し、女が狂ったような声で常務宅に電話で報せてきたという。会長に眼をかけられていた常務は、愛人の家に何度かひそかに招かれたこともあって、そのため女が電話をかけてきたのだ。

常務は、会社に残っていた総務部長に連絡をとり、会社にくると社長に電話で事情を報告した。社長は、会長が愛人宅で急死したことが外部に洩れれば、興味本位の話題としてひろがるのは確実で、そのため絶対に秘密にするよう指示した。また愛人がいるのを知らぬ遺族にもさとられぬよう配慮する必要がある、とも言った。

承諾した常務は総務部長と話し合い、一つの架空の話を作り上げた。会長が、会長室で社長と常務と話し合っている時、気分が悪く家に帰ると言うので常務と総務部長が付添って車に乗せたが、途中、急に苦しみ出し、家につく寸前に絶命したという。

常務は再び社長に連絡をとって諒承を得たが、問題は、どのようにして遺体を愛人宅から自宅に運ぶかであった。一応ハイヤーが考えられたが、常務と部長が両脇からかかえて車に運び入れれば、容貌その他から死体と気づかれ、運転手の口からそれが洩れて警察沙汰になる恐れもある。

寝台自動車では、という意見を常務が口にし、その場合は自動車備えつけの担架で運び入れることができ、顔を毛布のようなものでおおえば運転手の眼をごまかせそうに思えた。

寝台自動車を呼ぶのにはどのようにしたらよいか。その段階で部長は、望月を呼び寄せましょう、と言った。望月は、急に発病して地方の病院に運び込まれた役員を寝台自動車で都内の病院に移したこともあり、その方面の知識を持っているはずだった。

部長から事情説明を受け、会社に呼ばれた理由を知った望月は、寝台自動車で運ぶことについて、

「それは、好ましくありません」

と、即座に答えた。

いつも指示通りに従う望月の強い口調に、

「なぜかね」

と、部長は望月の顔を見つめた。

望月は、事務的な口調で説明した。

寝台自動車には、運転手以外に補助員が一人乗っていて、病人を担架に乗せて車に入れる。補助員は初歩的な医学知識も備えていて、運ぶ途中も病人の容態に注意をはらう。そのようなことを長年つづけている補助員は、たとえ顔をなにかでおおっていても会長がすでに死亡していることを確実に察知する。

「外部の者に一切関与させてはいけません。社有車を使い、私たちが運ぶのです」

望月は、断定するように言った。

淀みない言葉に常務も部長もうなずき、望月の意見通りにすることになって、常務が再び社長に電話をして報告した。

総務部には地下に駐車している社有車のスペアーキーがあり、三人は地下の駐車場におりて行き、部長がワゴンの運転台に入った。

車は、私鉄沿線の郊外にある愛人宅に行き、ベッドに仰向けになっている会長の遺体に洋服をつけさせ、毛布にくるんで車に運び入れ、会長宅にむかった。

家についた常務は、茫然としている夫人に事情を説明し、近くの主治医に電話をかけた。すぐにやってきた医師は、常務の言葉を疑う気配はみせず、心臓疾患による急死として死亡診断書を書いてくれた。

その間に部長は、車を会社にもどすため去り、常務の電話で駈けつけた社長が、打合わせ通り会長が雑談中、気分が悪くなったことを夫人に話し、悔みを述べた。

会長の死の実相は、社内では社長をふくめた四人が知るだけで他の役員たちにも洩れることはなかった。

その後、部長は支社長に転任し、望月は新部長のもとで葬儀がある度に黙々と仕事をこなした。かれが嘱託として社に残ることができたのは、専務に昇格した元常務か、または元総務部長の指示であるのを望月は察していた。部屋が社有車予約係の隣室をあたえられたのも、会長の遺体を運んだ折のことと関連があるのかも知れなかった。

かれは、いつものようにカップにインスタントのコーヒーの粉末とミルクを入れ、雑用係のパートの女性が置いていってくれたポットの湯を注ぎ入れた。

机の前の椅子に腰を下し、カップを傾けた。四方はドア以外壁で閉されているが、そこに自分一人がいるだけであることにくつろいだ気分になる。部屋がたとえ地下ではあっても、会社のあるビルの一郭であることに変りはなく、定年退職すべき身であるのに依然として会社に所属していることに満ち足りた気持をいだいていた。

　正午には食事のため部屋を出るが、それからの一時間はかれにとって充足した時間だと言える。社員たちにまじってビルを出ると、その日によって好みの軽食堂やそば屋などに入る。時には定期券で一駅電車に乗り、中華料理店に行くこともある。食事を終えると喫茶店に入るのを習いとしているが、コーヒーを飲みながら窓から外をながめていると、会社勤めをしている実感が湧き、会社はまだ自分を必要としているのだという思いにひたる。

　なすこともなくすごす日が多いが、そのような日には、死期が迫っているときく社員の家をひそかに見に行くこともする。要職にあるので通常葬儀は寺や斎場を使用するが、通夜は自宅で営む場合もあり、家の構造、駐車できる地の有無をしらべ、それが可能かどうかたしかめる。

　その社員が死去したという連絡を受けると、かれはすぐに入院している病院に駈けつけ、婦長に葬儀は会社と関係のある葬儀社に依頼するので、病院出入りの葬儀社の介入は断って欲しい、と頼む。

かれは、葬儀進行の責任者である総務部次長を支えて寺や葬儀社と打合わせをし、遺族や近親者の意向をきき、時には長年の経験で穏便に説得することもある。常に目立たぬように動いているが、通夜を辞する役員から、
「おれの時もよろしく頼むよ」
と、笑いながらも半ば真剣な眼をして声をかけられることもある。かれは、無言で頭をさげるのが常であった。

退社時刻が迫った頃、電話のブザーが鳴った。胃癌で手術をした取締役の顔が眼の前にうかんだが、すでに退院して会社にも顔をみせているときく。重要な取引先の葬儀に応援に出掛けることもあるが、そのような指示かも知れなかった。

受話器をとると、君塚だ、というしわがれた声がした。君塚は、望月が大学を卒業して入社した時の上司で、その後、部長に昇格し、定年前に出向して系列会社の役員から社長になり、現在は相談役の任にある。

在社していた頃、夫人が人を招くのが好きなこともあって、望月は他の社員と君塚の家に行って夫人の手料理で酒を飲むことが多かった。夫人は昨年腎臓炎で死亡し、

望月は君塚に請われて通夜、葬儀の一切を取りしきった。

「話したいことがあるのだが、明日なにか予定があるかね」

明日は土曜日で、休日には近くの駅の周辺にひろがる繁華街を散歩する程度で、なすこともなく家ですごす。予定はないと答えると、

「午後にでも私の家に来てくれないか。折り入って頼みたいことがあるのだ」

君塚は、元部下である望月に遠慮はない。

望月は承諾し、午後二時頃にうかがうと答えて受話器を置いた。

時計の針が午後五時を正しくさすのを眼にして、かれは予約係の井波に声をかけ、ビルを出た。

退社した人の群れが駅にむかっていて、かれはそれにまじって改札口をぬけ、ホームにあがった。

ひと電車待って、いつもと同じ車輛に乗り、素速く席に坐った。男や女が乗り込んできて、車内は満員に近くなり、やがて電車がホームをはなれた。

君塚の頼みごととは、自分が死を迎えた時の葬儀についてか。それとも死期が迫っている近親者などの葬儀を引受けて欲しいというのか。

かれは、背をもたせて薄く眼を閉じた。

妻は、なぜいつも明るいのだろう。朝食後、横浜に住む長男の嫁に電話をかけて、明日、小学校に通っている孫の運動会に行く約束をしている。絶えず相槌を打ち、笑い声をあげている。

その日は刺繡の展示会が公民館の一室でもよおされることになっていて、妻は部屋の掃除をすませると、花模様の服を身につけて出掛けていった。手先の器用な彼女のつくる刺繡は、註文する人もいて、小遣い稼ぎにはなっているらしい。

かれは、テレビを観たりしてから正午すぎにマンションの部屋を出た。

初秋らしい澄んだ空で、かれはバスに乗って駅前まで行き、近くのそば屋に入って昼食をとった。電車に乗って、都心の駅から郊外にむかう私鉄の電車に乗り換えた。

君塚は転居して家を新築したが、夫人が死去した折に出向いて知っていて、目的の駅で下車したかれは、街路樹が遠くまでのびた広い道の歩道を進み、郵便ポストのある角を曲った。

君塚の家は、いわゆる二世帯住宅で、白い二階建の家が左右等分に分けられ、右手が長男一家、左手が君塚の住居であった。

ブザーを押すと、ドアが開き、朱色のセーターを着た君塚が姿を現わし、

「よく来てくれたな」

と言って、中に招じ入れた。

広い洋間は居間兼応接室になっていて、望月は君塚にうながされてソファーに腰をおろした。通夜の折には、夫人の遺体をおさめた棺が洋間につづいた六畳の和室に置かれ、焼香台が据えられていた。その部屋には、小さな和机が置かれているだけだった。

望月は、ひそかに家の中を見まわした。きれいに整頓されていて、一人暮しではあるが、几帳面な君塚が小まめに掃除その他をしているのが感じられた。

君塚が、コーヒーメーカーでいれたコーヒーをカップに注ぎ、テーブルの上に置き、望月と向い合って椅子に坐った。七十代の半ばに達しているはずだが、眉毛は白いものの肌に艶があって、朱色のセーターがよく似合う。

君塚は、コーヒーをひと口飲むと生活のことを話した。家内に先に逝かれるのがこれほど辛いものとは思わなかった、と言いながらも、掃除、洗濯等の家事はよい運動

になり、食事も長男の嫁に面倒をかけるのが心苦しいので自分でつくったり、外食したりしている、と張りのある声で言った。

さらに、同期に会社に入った者たちの消息を口にし、望月に現在の役員のことをたずねたりして、望月は言葉少くそれに答えた。

「ところで君に来てもらったのは、私の葬式のことなのだがね。今は体にこれと言った故障はないが、死はいつやってくるかわからない。君に葬式のことを頼んでおきたいのだ」

君塚は、あらたまった表情で言った。

このような依頼を受けるのは珍しくはなく、あらかじめ本人の希望をきいていた方がその折に迷うことなくやり易い。遺族や近親者が口を出しても、本人の遺志だと言えばすべてが解決する。

望月はうなずき、内ポケットから手帳を取り出し、ボールペンを手にした。

「お棺のことなのだがね」

思いがけぬ言葉に、望月は君塚の顔を見つめた。

「いつの頃からか、お棺に両開きの扉のついた小窓がつくようになったが、私の葬式の時は窓のないお棺にしてもらいたい。それをぜひ君に頼んでおきたいのだ」

君塚の眼は、望月にむけられたまま動かない。

生前に葬儀の仕方について依頼されることはあっても、棺について指示された経験はなく、望月は、返事もできず口をつぐんでいた。

「家内の葬式の時のことだがね」

君塚は、顔をしかめると口早に話しはじめた。

君塚は、夫人と常々、死んだ折には自分の死顔を人の眼にさらしたくない、と雑談まじりに話し合っていた。急死した場合はまだしも、長わずらいの末、死を迎えた肉体は衰えきっていて、極度にやつれた容貌を第三者に見られたくない。

夫人の通夜が営まれた折、弔問に来た親族の者が、棺の小窓の扉を開いて次々に遺体の顔をのぞき込んだ。君塚は近親者だからやむを得ないと思ったが、夫人と親しくしていたという女たちが、最後のお別れをさせて欲しいと言って棺に近づいた時、故人の遺志ですので御遠慮下さいと言って、扉を開かせることを拒んだ。

「十日ほど前、私の部下であった会社の役員が死んでね。仕事のよく出来る男でまだ五十三歳という若さだったが、肝臓癌だった」

君塚は、わずかに表情を曇らせると、葬儀の折の感想を口にした。

葬儀が終り出棺ということになって、棺の蓋が取り除かれ、多くの人がむらがって葬儀社の男の指示で花を入れた。役員の娘が声をあげて泣き、涙をぬぐう者も多かった。君塚は、役員の死顔を見るのを避けるため、棺から遠くはなれた柱のかげに身をかくすように立っていた。

かれは、火葬場にも行った。

「お棺を窯《かま》に入れる直前、棺の小窓の扉を開いて、また多くの人が次々にのぞき込んでいた。むろん私は、近づかなかったがね」

君塚は、望月に視線を向けると、

「死んだ後、私は一方的に顔をのぞき込まれたくないのだよ。棺についている小窓がいけないのだ。肉体は死んでも、もしかすると私の眼は見えているかも知れない。それは死んだ者にしかわからないじゃないか。もしも見えていたら窯に棺が入れられた時、窓の扉はすぐに火熱ではじけて開くだろうし、私は棺の中から炎を見ていることになる。こんなことを考えるのはおかしいかね」

と言って、眼を光らせた。

君塚の突拍子もない言葉が滑稽に思えはしたが、なぜか望月は笑うことはできず、視線を少し落して黙っていた。

「見える見えないは別にしても、のぞき込まれるのはいやなのだ。窓のないお棺にしてもらいたいのだよ」

望月は、君塚の視線が自分の顔に据えられているのに戸惑いを感じながらも、葬儀社から渡されている棺の見本帳を自然に思いうかべていた。

檜、樅《もみ》、桐の天然木でつくられた棺には、鶴、龍などの彫刻がほどこされたものがあり、布張りの棺には内装が布団仕立てになっている高級品もある。それらには、すべて小窓がついていて、左右に開く扉の把手《とって》には紺色の房が垂れている。

棺は印籠型と言って蓋を印籠のように上からはめ込むのが大半だが、窓のない棺は蓋を上にのせただけの最も安価なベニヤ板づくりで、君塚のような社会的地位のある者には不向きであった。

「最近は、窓のないお棺はありません」

望月は顔をあげ、多少事務的な口調で言った。

「ない？」

君塚は、いぶかしそうな眼をした。

「ないのですが、特別誂《あつら》えにしたらよいと思います。自分の好きな座右の銘をお棺に彫ってくれと遺言する人もいるそうで、葬儀社では希望通りのものを用意するときいております。窓がおいやだというのでしたら、製造過程でそれを取りつけなければよいだけのことで、料金は変らないはずです」

望月は、メモ帳をポケットにおさめた。

「どの棺にも窓があるとは驚いたな。私の場合は、そんなものはいらないから、よろしく頼むよ」

ようやく君塚の表情は、やわらいだ。

望月は思わず頬をゆるめ、君塚もかすかに笑い、無言でコーヒーのカップを手にした。君塚が真剣な表情をして頼み、望月もそれに真面目に答えたことが可笑《おか》しかった。

しかし、葬儀はさまざまで個人の自由であり、棺の形式を君塚が指定するのも不自然ではない。

「私がこんなことを考えるようになったのは、望遠鏡で碇《いかり》星《ぼし》を見るようになってからなのだ」

君塚は、椅子に背をもたせかけた。

「碇星？」

「カシオペア座だよ。和船の碇のようにWの形をしているので碇星とも言う。家内が亡くなってから毎日が所在なくて……。唯一の趣味であったゴルフも体力が衰えて興味も失せた。なにか楽しみごとをと思い、子供の頃、親に買ってもらった望遠鏡で星を見たことを思い出してね」

君塚は、部屋の隅に眼をむけた。そこには三脚の上に白い筒鏡が斜め上方にむけて取りつけられている天体望遠鏡が置かれていた。

望月は、君塚が思いがけぬ趣味を持っていることに頬笑ましさを感じた。

「実に楽しい。よく奥那須の高原のホテルに望遠鏡を持って行って泊り、星を見る。先月は北海道の利尻島へ行ったよ。あそこほど星が美しい所はないと言うのでね。闇が驚くほど濃く、それだけに星がまことにきれいだった。大きく見え、冴えた光を放っていた。望遠鏡をのぞいていると、自分の体が星のひろがる夜空に吸い上げられてゆくような気がする」

君塚の眼が、幼児のように光っている。

「私は、碇星だけを見る。それが自分の星のような気がしてならないからだ。その星を見つめていると、死を迎えることが少しも恐しくなくなる。その星のもとに行くだけなのだと思う。死んだら棺の闇の中で、私は碇星を見つめている。そんな時に、時々窓が開いてのぞき込まれてはたまらない。星を見ている静かな時間を乱されたくはないのだ」

君塚は、死体になっても眼の機能は生きているかも知れぬと言うが、そんなことはあり得ないとは思うものの、死の領域のことはだれにもわからず無下に否定できないような気もする。

「君も星を見るといいよ。私のような素人の使う望遠鏡なのだから、買うのもわずかな金ですむ。自分の星を見つけてそれを見る。私は碇星だがね」

君塚は、再び望遠鏡に視線をむけた。

望月も白い筒鏡を見つめた。死が君塚の口から日常茶飯事のように語られ、自分もそれに少しも違和感をいだいていない。なにか意義深い時間が、二人の間に静かに流れているような感じがする。

かれの眼の前に、闇夜に光るW型の冴えた星座が浮び上った。

あとがき

長篇小説を書き上げた後、短篇小説の執筆に手をつけることを常としている。私の場合、それが小説を書きつづける上で絶対に必要不可欠と考えているからである。長篇小説は、広い一本筋の道を力ずくで進んでゆくのに似ている。完結の場所ははるか遠くに見えていて、その地点にむかって慎重に、しかしひたすら足をふみしめて歩いてゆく。終着点に近づき、ようやくそこに至った時、疲れが一時に湧いて、膝をつく。

二、三カ月間、放心状態がつづくが、それを脱け出して再び小説を書く活力を回復できるのは、短篇小説を書く以外にない。

短篇小説の場合は、長篇小説のように一本道を進むのとは異なって、迷路に似た狭い露地を曲ったり、袋小路に入り込んで引返したり、時には立ち停って思案することもある。その間に道ばたに小さな花を開く植物や、はかない光の星を空に見たりする。

このような不安定な歩みや些細な事物を眼にしたことが、次に書く長篇小説の重要な要素として活《い》き、一本道を進みながらそれらが自然に織り込まれる。

そうしたことの繰返しで、私は長篇小説を書く境目に短篇小説を書くことをつづけてきた。いわゆる短篇小説は竹の節に似ていて、それがなければ竹幹である私の長篇小説は、もろくも折れてしまうだろう。

この短篇集には、その折々に竹の節と願って書いた八篇の短篇をおさめた。その出来不出来は、私にはわからない。一篇だけでも、読む人の心の琴線にふれるものがあるとしたら、それだけで満足である。

平成十一年早春

吉村　昭

『碇星』　一九九九年二月　中央公論新社刊

解　説

曾根博義

吉村昭の読者層は広い。

物語や歴史に心を躍らせる若者たち、人間や人生について考えはじめた中年の男女、組織のなかで自分の役割や生きがいについてふと思いをめぐらす熟年サラリーマンたち、さらには退職後に訪れた思いがけない余暇のなかで過去の戦争や歴史の記録や物語を読んだり、人間の生死の問題を真剣に考えたりするようになった高年齢層。

二十歳前後の大学生のなかにも、吉村昭の初期の感覚的な短篇がいいとか、脱獄や漂流ものが面白いとか、奇特にも戦史もののリアリティーが最高だとかいう者が時々いる。吉村昭の随筆が好きだという四十代の読書家の主婦に出会ったこともある。

そのように吉村昭の読者は予想以上に幅広いが、そのなかで最も厚い、最も安定した読者層はやはり中年以上の男性サラリーマンと定年退職者たちだろう。

かつて文学は青年の占有物であり、青春の同義語だった。しかしそういう時代はとうに過ぎた。批評家の中村光夫が文学は老年の事業であると言ったのは一九六六（昭和四十一）年のことだが、ちょうどその年に吉村昭は『星への旅』と『戦艦武蔵』という二つの対照的な作品を発表して作家としてデビューし、以来三十数年間、着実に読者を増やして今日にいたっている。中村光夫が文学は老年の事業だと言ったのは、直接には作家や作品の内容が成熟しなければならないということだったろうが、その頃から文学作品の読者の年齢も徐々に高くなった。吉村昭は、そういう時代に、そういう読者のための、大人の文学の書き手として不動の地位を築いたのである。

一九九〇年代の約十年間に書かれた八つの短篇を集めた本書は、いわばそのような大人の読者のために、作者が特別に用意してくれた贈り物である。

八篇のうち、自伝的性格の強い「花火」「牛乳瓶」「光る干潟」の三篇を除いた五篇が、六十代から七十代の定年退職者を主人公にし、老年の孤独と死をテーマにした作品なのだ。

最後に置かれた表題作「碇星」の冒頭に、定年で退職した者には二通りの生き方があるようだとして、こう書かれている。

「その一つは、退職したことが嬉しくてならず、表情も一変して明るくなる。朝起きても出社する必要がないことに胸をはずませ、夜就寝するまでの時間を浮きうきとした気分ですごす。居間で茶やコーヒーを飲みながら妻と世間話をしたり、妻と連れ立ってマーケットなどに買物に行ったりする。年金生活で贅沢《ぜいたく》はできないものの、小旅行をし、案内書を手に美術館や博物館めぐりをすることもある。少しの束縛もない自由な生活に満足し、新鮮な日々をすごす。

それとは対照的に、虚脱感におちいる者もいる。定年退職は、社会が自分を必要としなくなった結果だと考え、なすこともなく居間に坐ってテレビの画面に眼をむけたりしている。時間が惰性のように流れるだけで、会社なくしては自分の存在意義がないのを感じる。

かれらの中には、会社に勤めていた頃と同じようにネクタイをしめ背広を着て家を出ると、あてもなく歩きまわって夕方家路につく者もいるという。望月の数年先輩の者は、退職後一年ほどの間、会社の入っているビルの前まで来て、それから近くの喫茶店で時間をすごすのを日課としていたときく」

電機メーカーの社員である望月は、定年の日が近づくにつれて、そういう先輩の話に空恐ろしさをおぼえる。幸い退職後もこれまで従事してきた会社の葬儀係として嘱託で週三回出勤できることになったのを彼はよろこぶ。葬儀係というのがいかにも吉村昭好みだが、会社の会長が愛人宅で急死したのをうまく繕って手柄をあげたり、死期の迫っている社員の通夜や葬儀の段取りを考えるために、社員の家をひそかに下見に行ったりするというのが彼の仕事なのだ。

そういう彼に七十代半ばの上司の相談役である君塚が自分の葬式のことを頼んでくる。自分が死んだら窓のないお棺にしてほしいというのだ。しばらく前から望遠鏡でカシオペア座の碇星を見る楽しみをおぼえた君塚は、碇星を見ていると死が怖くなくなる、死んでからもずっと碇星を見つめていたいから、時々窓が開いてのぞき込まれてはたまらない、だから棺桶に窓はつけないでもらいたい、というのである。その約束が出来たとき、望月は「なにか意義深い時間が、二人の間に静かに流れているような感じ」がし、「かれの眼の前に、闇夜に光るW型の冴えた星座が浮び上った」、と作者は一篇を結ぶ。

二人の間で死が日常茶飯事のように語られ、死んでから入る棺が生きているときに使う椅子やベッドと同じように語られるのが怖い。死の恐怖に打ち克つためには、ふだんから死を日常茶飯事のように直視していなければならないということだろう。

だが、老年には老年なりの愉しさや悦びもある。君塚が望遠鏡で碇星を見るようになったのは妻に死なれてからだというが、巻頭に収められた「飲み友達」の主人公である辻村も定年前に妻を失っている。そのときはまだ五十代だったので再婚も考えないわけではなかったが、子供が二人いるので、遺産問題などで面倒になるのは避けたいと思った。そこへ同じ会社の先輩の上司の末松から、信じられないような話が持ちかけられる。退社して九州の傍系会社の社長になるので、ひそかにつきあってきた社内の四十歳の愛人のあとの面倒を見てくれないか、というのだ。ひたすら待つ女で、彼女にも話してあるという。そんなうまい話があるはずはないと半信半疑でつきあいはじめると、彼女は末松の言った通りすべてを受け入れながらあくまで控え目な女で、辻村ともしっくり行く。定年が近づいたとき、辻村はおたがいの将来を考え、今度は、自分の後任の次長になる予定で数年前にやはり妻を亡くしている水野に彼女を譲ることにする。彼女はそれも黙って受け入れる。彼女が気に入った水野は彼女の前歴を知らないまま彼女と結婚することになり、男同士は祝杯を挙げる。

フェミニストたちには袋叩きにされそうな、男の身勝手を丸出しにしたような話だが、定年前後の年齢に達した男のささやかな願望を描いた小説として読めば、控え目なのは女だけではなくて、辻村もずいぶん慎ましい哀れな男に見えてくる。

次の「喫煙コーナー」には七十歳前後の三人の孤独な老人たちが登場する。彼らは毎日のように駅のショッピングセンターの喫煙コーナーに行って、そこで長い時間を過ごすうちに、自然に口をきくようになる。その仲間の一人の弟の葬式につきあってから、三人は親密になり、おたがいの病気見舞いや葬式に出ることが生きがいになる。何ともさびしい話だが、よくある話でもある。

次の「花火」と「牛乳瓶」「光る干潟」の三篇は作者自身の体験に裏打ちされた小説のようだ。東京下町の牛乳屋の主人の出征と店のその後を少年の眼から描いた「牛乳瓶」は、戦時中の作者自身の少年時代の記憶に基づくものだろう。

その後、二十歳過ぎに結核で胸郭成形術を受け、肋骨を五本も切除して九死に一生を得た体験は、吉村昭の生涯を決定した最も重要な出来事として、これまでもいろいろな小説や随筆に書かれてきた。「花火」は命の恩人であるそのときの執刀医の死を新聞で知って仮通夜に行く話である。この作品だけが「私」の一人称で書かれている。執刀医の先生はかつて「私」が手術を受けた病院に入院していた。むかしとほとんど変っていないその病院に見舞いに行くと、そこを退院したときと同じように、街の風景が澄んで輝いて見える。これも作者の記憶にこびりついた蘇生の体験だったらしく、多くの作品に少しずつ変えて書かれている。

小説のクライマックスは、先生の通夜に行ったあと、家族で熱海に行って花火を見る場面だ。自分の腕に抱かれながら花火に興奮する孫の肋骨を手に感じたとき、熱いものが咽喉元に突き上げてくる。自分が手術台の上で泣きわめき、体をはずませていたことを思い出し、もしあのとき死んでいたら、長男は生まれず、孫もこうして自分の腕のなかで体をはねさせていることはない、と思ったからである。

「光る干潟」の飯村にとっても孫は可愛い。妻と息子夫婦と孫といっしょに東京ディズニーランドと思われる大遊園地に行き、そこで愉しそうに遊ぶ孫を眺めているうちに、二十歳頃結核で寝ていた自分の姿を思い出して同様な感慨にふけり、死と生は紙一重だと胸の中でつぶやく。家族といっしょに遊園地に隣接するホテルに泊まった翌朝、彼はバスで近くの浦安の町に出る。浦安は戦争中に兄が造船所を経営していて、彼も終戦の年に一時住んだ町だ。当時を思い出させる場所に立つと、戦時の記憶が甦り、干潟に墜落したB29の残骸が目に浮かんでくる。

これらの自伝的、私小説的作品では、主人公は、いつも死に囲まれていた戦中・戦後の時代に投げ返され、そのなかで自分が生きのびて結婚し、子や孫を持てたことをよろこぶとともに、それがあくまで偶然だったことをあらためて確認し、その偶然に感謝する。

しかしそこには老年の死や孤独の影はそれほど強く射していない。フィクションの度合が高い作品ほど、老年のきびしさは増すのだ。しかもそういう小説が、自伝的作品以上のリアリティーを感じさせるところに作家の本領があるというべきだろう。

自分が定年になったとき、妻が、私も定年になりましたので家庭の勤めをやめて一人で暮らします、といって、家を出て行く話を書いた「寒牡丹」は、この点でとくに記憶に残る作品であることを、最後に付け加えておきたい。

中公文庫

碇《いかり》 星《ぼし》

2002年11月25日　初版発行
2025年 1 月30日　10刷発行

著　者　吉《よし》 村《むら》 昭《あきら》

発行者　安部 順一

発行所　中央公論新社
〒100-8152　東京都千代田区大手町1-7-1
電話　販売 03-5299-1730　編集 03-5299-1890
URL https://www.chuko.co.jp/

ＤＴＰ　ハンズ・ミケ
印　刷　大日本印刷（本文）
三晃印刷（カバー）
製　本　大日本印刷

Published by CHUOKORON-SHINSHA, INC.
Printed in Japan　ISBN978-4-12-204120-2 C1193

定価はカバーに表示してあります。落丁本・乱丁本はお手数ですが小社販売部宛お送り下さい。送料小社負担にてお取り替えいたします。